ALBERT
ESPINOSA
TODO LO QUE
PODRÍAMOS
HABER SIDO
TÚ Y YO
SI NO
FUÉRAMOS
TÚ Y YO

세상을 버리기로 한 날 밤

펴 낸 날 | 2013년 9월 16일 초판 1쇄

지 은 이 | 알베르트 에스피노사
옮 긴 이 | 김유경
펴 낸 이 | 이태권
책임편집 | 김은경
책임미술 | 이슬기
펴 낸 곳 | (주)태일소담
　　　　　서울시 성북구 성북동 178-2 (우)136-020
　　　　　전화 | 745-8566~7　팩스 | 747-3238
　　　　　e-mail | sodam@dreamsodam.co.kr
　　　　　등록번호 | 제2-42호(1979년 11월 14일)
　　　　　홈페이지 | www.dreamsodam.co.kr

ISBN 978-89-7381-680-4 03870
이 도서의 국립중앙도서관 출판시도서목록(CIP)은 서지정보유통지원시스템 홈페이지
(http://seoji.nl.go.kr)와 국가자료공동목록시스템(http://www.nl.go.kr/kolisnet)에서
이용하실 수 있습니다.(CIP제어번호: CIP2013017050)

• 책값은 뒤표지에 있습니다.
• 잘못된 책은 구입하신 곳에서 교환해드립니다.

알베르트 에스피노사 지음 **김유경** 옮김

소담출판사

매혹적인 소년

우리의 호랑이들은 우유를 마신다

우리의 매들은 걸어 다닌다

우리의 상어들은 물에 빠져 허우적댄다

우리의 늑대들은 훤히 열린 철책 앞에서 하품을 한다

내가 쓴 글은 아니지만 그를 생각할 때마다 머릿속에 이 시 (쉼보르스카의 〈뜻밖의 만남〉 중—옮긴이)가 떠오른다. 동시에 행복하고 용감해지는 것만 같다. 게다가 왠지 모를 안정감과 편안함을 넘어서 평화로움까지 느끼게 된다. 그를 생각하면 내 얼굴에 함박꽃이 피고 숫자 3이 떠오른다. 그리고, 그도 잘 알고 있는, 내가 가장 좋아하는 그의 웃음 중 하나가 머릿속을 스쳐 간다. 그는 당신이 얼마나 많은 얼굴을 가지고 있는지, 몇 개의 눈빛과 호흡, 몸짓, 혹은 미소를 지니고 있는지, 심지어 그 하나하나가 무엇을 의미하는지까지 알아챌 수 있는 재주를 타고났다. 또 다른 능력 중 하나는 주변 사람들을 비롯해 좋아하는 사람들과 겸손, 행복, 성실, 사랑, 그리고 삶을 나눌 줄 안다는 것이다. 그는 매 순간 적절한 언어를 구사하고 알맞은 표정을 지을 줄 안다. 한마디로 매혹적이고 놀라운 사람이다.

내가 그를 처음 보았을 때는 그가 누군지도 몰랐다. 그는 보통 사람의 걸음 속도라고 하기엔 너무 빠른 속도로 걷고 있었고 어른의 몸을 한 매혹적인 사춘기 소년이었다. 그리고 뭔가를 설명할 때는 늘 다섯 단계로 이야기했다. 우선, 첫 번째와 두 번째 단계에서는 다른 사람들을 이해시키기 위해 많은 시간을 들였다. 이어서 세 번째와 네 번째 단계에서는 에두르지 않고 바로 설명에 들어갔고, 마지막 다섯 번째 단계에서는 종이나 신문,

냅킨 한 귀퉁이에 그림을 그리고 낙서를 해가며 설명했다.

당신이 그를 처음 만나게 된다면 그는 가볍게 볼을 맞대거나 두 손을 꼭 잡으며 인사를 청할 것이다. 하지만 헤어질 때는 분명 두 팔을 벌려 꼭 껴안으며 인사를 나누게 될 것이다.

우리가 서로 알고 지낸 지는 그리 오래되지 않았다. 그러나 짧지만 강렬한 시간 동안 함께 나누고 일하며, 웃음과 대화를 나누는 마법 같은 순간을 함께해왔다. 또한, 서로 얼싸안기도 하고 선물을 나누기도 했으며, 때로는 부둥켜안고 목 놓아 울기도 했다. 그러면서 나는 그에 대해서 점점 더 깊이 알게 되었다. 그러다 보니 전화 목소리만 듣고도 서로에게 무슨 일이 있었는지 알아챌 수 있을 정도가 되었다. 그렇게 길고도 영원한 우리들의 우정이 시작되었다. 삶이라는 큰 바다에서 노닐다가 그 속에서 매혹적이고 빛나는 진주를 품고 있는 조개 하나를 발견한 것이다. 내가 발견한 그 조개는 노란빛이 아니라 형형색색의 찬란한 빛을 띠고 있었다. 그리고 나는 그것을 알베르트 에스피노사라고 부른다.

알베르트가 쓴 이번 소설에는 마법과 사랑이 가득하고, 사랑하는 사람과 어떤 제한이나 한계 없이 살아가는 사람들의 삶이 펼쳐진다. 매혹적인 사람들이 사는 어떤 세상에서는 잠자는 걸 그만둘 수는 있어도 사랑은 절대 포기하거나 멈출 수가 없다. 바로 이것이 《세상을 버리기로 한 날 밤》이 들려주는 이야기이다.

그에 따르면, "삶이란 문손잡이를 돌리는 것과 같다"고 한다. 그의 말을 듣고 나니 나도 평생, 새로운 장소와 길, 또는 경험으로 인도해줄 수많은 문 앞에 서 있고만 싶어진다. 그리고 내가 각각의 문 앞에 서게 될 때마다 이 믿을 만한 친구는 내 손을 잡아주고 함께 건너가줄 것이다. 혹여 그가 나와 함께해줄 수 없게 되는 상황이 생긴다면, 꼭 조언이라도 구할 것이다.

알베르트, 절대 내 손을 놓지 말게나.

당신의 첫 번째 낯선 자,
배우 로헤르 베루에소로부터

차 례

1.
독수리 머리가
달린 사슴

나는 자는 것이 좋다. 아마도 내가 세상에서 제일 좋아하는 일이 아닐까 싶다. 나에게는 잠드는 게 쉽지 않은 일이라 오히려 더 좋아하고 집착하는지도 모르겠다.

나는 침대에 눕자마자 잠에 곯아떨어지는 부류의 사람이 아니다. 차 속이나 공항 의자는 물론, 심지어는 해변에서 어느 정도 술에 취했을 때도 쉽게 잠들지 못하는 편이다.

하지만 며칠 전 그 소식을 듣고 나서는 정말 잠이 더 간절해졌다. 어렸을 때부터 나는 잠을 자면 내가 세상과 분리되고 그것이 어떤 공격도 막아줄 수 있을 거라고 믿어왔다. 사람들은 깨어 있는 자들, 즉 눈을 뜨고 있는 자들만을 공격할 수 있다. 우리가 잠 속으로 들어가면 그곳은 안전지대가 된다.

그걸 알면서도 잠드는 건 참 쉽지가 않다. 고백하건대, 내가 잠들기 위해서는 침대가 꼭 필요하다. 그것도 내 침대가. 그래서 어디서든 머리를 대기만 하면 순식간에 코를 고는 사람들을 보면 존경스럽다. 감탄스럽고 부럽기까지 하다. 과연 부럽지 않은 것을 감탄할 수 있을까? 또는, 감탄스럽지 않은 것을 부러워할 수 있을까?

아무튼, 그래서 나는 늘 내 침대가 필요하다. 이 사실은 나라는 인간을 정확하게 설명해준다. 더 정확히는 내 잠자는 습관을 확실하게 보여준다. 침대뿐 아니라 자신만의 베개는 한 사람의 삶에서 가장 중요한 요소이기도 하다.

가끔 나는 이런 쓸데없는 질문을 던지곤 한다. 무인도에 가야 한다면 무엇을 가져갈까? 내 생각에는 늘 변함이 없다. 단연코 내 베개! 하지만 사람들 앞에서는 왜 늘 엉뚱한 대답만 늘어놓는지 모르겠다. '좋은' 책과 '최고급' 와인이라니. 그것도 별 의미도 없는 이 두 형용사까지 사용해가면서 말이다.

내가 나만의 베개를 만들기 위해 수십 년간 공들인 것은 부정할 수 없는 사실이다. 수백 번의 밤을 함께하며 나에게 딱 맞는 특별한 모양을 만들었고, 그래서 그것을 베면 잠이 들 수 있게 되었다.

마침내, 나는 완벽한 수면 상태에 도달하기 위해 베개를 어떻게 접어야 하는지를 알게 되었다. 좋아하는 온도를 맞추기 위해 어느 정도 각도로 베개를 돌려 베어야 하는지를 말이다. 또한, 숙면을 취하고 나면 어떤 냄새가 나는지도 알고 있다. 그건 아마도 사랑하는 사람들, 우리 곁에서 잠들었던 사람만이 알 수 있는 냄새일 것이다.

나는 사랑을 믿지 않는다고 말해왔다. 그뿐만 아니라 아예 의심의 소지마저 없애기 위해 사랑을 그만두었다. 그래서 나는 사랑한다는 것과 사랑 때문에 죽는다는 말을 믿지 않는다. 그리고 누군가 때문에 가슴을 쓸어내리고 식음을 전폐한다는 것도 믿지 않는다.

지금까지 변함없이 쭉 믿어온 게 하나 있다면 베개 속에 악몽과 문제 및 꿈이 들어 있다는 것이다. 그래서 우리는 베갯잇을 씌운다. 우리 삶의 흔적을 보지 못하게 하려고. 한 물체가 자신을 그대로 낱낱이 드러내는 것을 좋아하는 사람은 단 한 명도 없을 것이다. 우리가 타는 자동차나 사용하는 전화기, 옷 등 그것들이 우리의 모든 것을 이야기하고 있다는 건 상상만 해도 끔찍하다.

내가 대략 네 시간 동안 잠을 자고 있었던 그날, 누군가 문을 두드렸다. 나는 원래 자는 동안에는 어떤 '열린 소리'도 귀에 담지 않는 편이다.

주변에는 잠을 깨우는 수많은 열린 소리가 있다. 집 전화기, 휴대전화, 인터폰, 자명종, 수돗물 떨어지는 소리, 컴퓨터 소리 등…… 이 소리들은 끊임없이 계속되고 늘 나를 놀라게 한다. 아니면 쉬지 못하게 만들거나 뭔가를 하지 못하게 방해한다.

그 일요일에 왜 인터폰을 받았는지는 나도 잘 모르겠다. 아니, 알 것도 같다. 바로 그날 내 인생을 송두리째 바꿔놓은 상자 하나가 도착하리라는 것을 난 미리 알고 있었다. 게다가 나는 인내심이 강한 사람이 결코 아니었다.

나는 어렸을 때부터 그다음 날 뭔가 좋은 일이 일어나리라는 것을 미리 알고 있었다. 그래서 뜬눈으로 밤을 지새웠었다. 다음 날 아침 햇살이 내 얼굴을 흔들어 깨우게 하려고 블라인드도 끝까지 올려놓았다. 그렇게 나의 새로운 아침은 엄청나게 빨리 다가오고 꿈도 텔레비전 광고처럼 잽싸게 지나갔다.

맞다. 나는 늘 꿈이 광고 같다는 생각을 했다. 어떤 건 정보 광고처럼 길고 어떤 건 영화 예고편이나 상품 광고처럼 짧다. 그리고 그것들은 모두 우리가 품고 있는 욕망이나 욕구에 관해서 이야기하고 있다. 하지만 우리는 그것들을 제대로 이해하지 못한다. 왜냐하면, 그 꿈들이 데이비드 린치(비범한 영상 화법으로 동시대의 가장 괴상한 상상력을 가진 감독 중 하나로 평가받음―옮긴이)가 촬영한 것처럼 보이기 때문이다.

다시 원래 이야기로 돌아와서, 나는 참을성이 없는 사람이다. 이건 내가 이미 알고 있는 사실이고, 난 그런 내가 좋다. 이 성급함이 언젠가는 끔찍한 결점이 되리라는 것도 잘 알고 있긴 하지만 말이다. 세상 모든 사람들이 인내심을 미덕으로 생각하고 있지만 언젠가 세상은 성급한 사람들의 몫이 될 것이다. 아니라면 꼭 그렇게 되길 바란다.

또다시 인터폰이 울리기 시작했지만, 나는 깊은 잠에 빠졌다. 그날 나는 독수리 머리가 달린 사슴 꿈을 꾸었다. 맞다. 나는 여러 관념들이 뒤섞인 것을 아주 좋아한다. 꿈속에서만이라도 조금은 신이 된 것처럼 느낄 수 있는 그런 것들 말이다.

서로 다른 것들을 부분적으로 섞어서 새로운 창조물을 만들어낸다거나 전혀 알지도 못했던 사람들을 친구처럼 느끼는 것은 나에게 아주 친숙한 일이다. 심지어 나는 잘 몰랐던 사람들과 그들의 삶의 일부가 될 정도로 친해지는 꿈을 아주 좋아한다. 하지만 가끔은 내가 그것들을 왜곡하고 있다는 생각도 든다. 그들의 프라이버시를 침해하고, 했던 말을 왜곡한다거나, 변덕스럽게 이미지를 바꾸기도 하는 것 같다.

나는 꿈속에서 수없이 섹스를 나눈 누군가에게는 다음 날이 되면 인사조차 건네지 않았다. 그러면서도 내가 "좋은 아침이에요"라는 말을 건네면 그들이 "어젯밤은 정말 끝내줬어요"라고 대답하지 않을까 내심 기대했다.

만일 우리가 꾼 에로틱한 꿈속 주인공들에게 꿈 내용을 그대로 말해준다면 세상이 훨씬 나아지지 않을까. 비록 나에게 허락된 세상에서는 불가능했지만 말이다.

그날이 나를 둘러싸고 있는 세상을 바꾸어놓을 거라는 건 상상도 못 했다. 물론 그날 이후 다른 이들의 세상도 한순간에 변해버렸다. 그런 날들은 달력에 빨간 표시를 해야 했는데, 아쉽다. 그날이 더 이상 원래대로 돌아갈 수 없는 순간들 중 하나란 것, 그리고 전 세계 사람들에게 상처를 주고, 이로 인해 집단 기억을 만들게 될 순간이라는 것을 입증했어야 했는데 말이다. 그렇게 되었다면, 그날을 빨간 날로 표시할 만한 가치가 있다고 결론을 내렸을 텐데.

나의 삼촌은 2001년 9월 11일에 그 일을 직접 겪으셨다. 당시 그는 스물두 살이었다. 삼촌은 9·11테러의 두 번째 비행기 충돌을 직접 본 것이 살면서 겪은 가장 충격적인 경험이라고 하셨다. 그리고 그는 늘 충돌 시점에 대한 의문을 품고 있다고 하셨다.

"첫 번째와 두 번째 충돌 사이에 약간의 시간 차를 둔 것은, 우선 첫 번째 충돌 소식을 텔레비전 방송에 알려서 모두에게 그 사건을 보게 하기 위한 것이었을까? 아니면 첫 번째 비행기랑

동시에 부딪치기로 했는데 단지 조금 늦은 것뿐일까?"

그는 이 의문 사이에서 엄청난 고민에 휩싸였다고 한다. 정말로 그 일을 계획한 사람들이 온 세상 사람들이 텔레비전을 틀고 두 번째 충돌을 직접 보길 원했는지, 아니면 그게 단지 무시무시한 우연이었는지 너무나도 궁금하다고 하셨다. 그러다가 가끔은 스스로에게 이런 대답을 하곤 하셨다.

"만일 첫 번째 경우가 답이라면, 인간의 사악함에는 한계가 없다."

그러고는 그의 눈에서 폭포수 같은 눈물이 쏟아졌다.

그 물건이 도착했던 날로 다시 돌아와서, 나는 그날 독수리 머리가 달린 사슴 꿈을 꾸었다. 독수리의 눈에, 사슴뿔이 달린 동물이 나를 쳐다보고 있었고, 나는 그 모습에 놀라 잠에서 깨어났다. 마치 그것은 덮칠 기세로 나를 향해 거세게 달려오고 있었다. 독수리 머리가 달린 사슴의 발굽이 내 눈을 뽑아버릴 것만 같았다……

꿈에서 그것이 눈을 깜빡거리자 붉은빛이 나타났는데, 갑자기 그때 인터폰 소리가 울렸다. 뭔가가 잘못되었다는 것을 알아차리고 잠에서 깨어나는 데 대략 15초가 걸렸다. 정확히 얼마가 걸렸는지는 모르겠다. 어쩌면 15초도 안 걸렸을 수도 있다. 꿈속에서 시간은 매우 신비롭고 아주 상대적이니까……

나는 꿈속에서 이음새 부분이 끊어지고 흠이 생기는 것을 오히려 고맙게 여긴다. 당신은 가끔 자다가 꿈이 중간에 끊기더라도 단지 깨고 싶지 않다는 이유로 계속해서 잠을 잘 때가 있을 것이다. 많은 사람들이 즐기고 있는 꿈속의 현실이 거짓이라는 것을 알면서도, 살기 위해 잠을 택한다는 것을 보여주는 꼴이다.

하지만 나는 그런 유의 사람은 아니다. 나는 내가 느끼고 있는 것이 꿈이라는 것을 알아채는 것을 별로 좋아하지 않는다. 만일 알아챌 것 같다는 예감이 들면 더 이상 즐기지 않고 즉시 잠에서 깨버린다.

인터폰이 다시 울리기 시작했지만 이번에는 나를 방해하지 못했다. 이미 나는 깨어 있었으니까. 시계를 보니 새벽 3시였다. 그들이 도착할 거라고 했던 바로 그 시간이었다.

나는 침대에서 일어나 실내화도 신지 않은 채로 멍하니 서 있었다. 살다 보면 가끔 원시 시대로 되돌아간 것처럼 맨발로 문 앞에 나가야 할 때가 있다.

그 순간이 바로 그래야 할 때였다. 그들은 내 잠을 끝내줄 약을 가지고 왔다. 그러니까, 하루 24시간은 살게 해주되, 쉴 시간은 없게 해주는 그런 약……

꼭 그렇게 되어야 하는 것처럼, 그들의 도착은 내 휴식을 방해했다. 하나에서 열까지 터무니없어 보이는 나의 상상의 세계들을 산산조각 내버렸다.

어차피 그 순간부터 그 약은 이런 상상력을 영원히 끊어놓으려고 작정했을 것이다.

2.

어머니는
나를 버렸고
나는 세상을
버리기로 했다

나는 인터폰 쪽으로 가서 화면을 들여다보았다. 문 앞에는 스물다섯 살 정도로 보이는 편안한 차림을 한 태국 청년이 서 있었다. 그 옆에는 네덜란드 사람으로 보이는 좀 더 나이 든 남자가 서 있었다. 그는 회색 정장을 입었고 대략 일흔 살 정도 되어 보였다.

물론 그들의 나이가 각각 스무 살과 예순 살 정도 되었을 수도 있다. 나는 나이를 맞히는 데는 꽝이다. 하지만 대신 그 사람이 가진 느낌이나 국적은 아주 잘 맞힌다.

나는 나이에 관한 한 어떤 거짓말에도 잘 속아 넘어가는 편이다. 만일 당신이 마흔 살인데 나에게 서른 살이라고 말한다고 해도 별로 의심하지 않고 믿을 정도이다. 나이는 사는 데 별로 중요하지 않다고 생각해왔다.

어머니는 진짜 나이가 배 속과 머릿속에 들어 있다고 하셨다. 그리고 얼굴에 난 주름살은 근심하고 음식을 잘 먹지 못한 결과라고 하셨다. 나는 그 말에 일리가 있다고 생각했고, 그래서 늘 걱정은 조금 하고 음식은 아주 잘 챙겨 먹었다.

나는 사람들이 자신의 나이를 밝힐 때는 보통 기분이 좋은 상태라는 것을 알게 되었다. 그들이 나이를 밝힐 때면 나는 "나이보다 더 젊어 보이시네요"라고 응수했다. 그러면 사람들은 좋아 난리였다.

여기에다가 피부가 구릿빛이라는 말을 더하면 더 좋아했다. 당신이 누군가에게 "나이보다 훨씬 더 젊어 보이시고 아주 멋진 구릿빛 피부를 가지셨네요"라고 말하면 사람들은 그야말로 하늘을 둥둥 떠다닐 것이다.

내 사촌의 아들은 지금 여섯 살인데 아주 이상한 녀석이다. 스무 살이 훌쩍 넘어 보이는 사람을 가리키면서 나이가 얼마쯤 되어 보이느냐고 물어보면, 그 사람을 빤히 쳐다보고 꼼꼼히 살핀 후에 이렇게 대답한다.

"열 살이요."

그 사람이 일흔이나 쉰, 아니 스무 살이더라도 이 녀석은 모두 열 살이라고 대답한다. 아이가 보기에는 두 자리 숫자가 아주 큰 나이인 것이다. 물론 나름대로 일리가 있다. 한 자리 숫자를 가지고 살아가는 어린아이가 보기에는 두 자리 숫자가 가장 큰 숫자니까.

내 경우를 봐도 마찬가지이다. 나는 아주 나이 든 사람을 보면, '아마 100살쯤은 되었겠지' 하고 생각한다. 두 자리 숫자로 살아가는 사람에게는 세 자리 숫자가 가장 큰 나이처럼 여겨지는 것이다. 아이에서 어른이 되어도 별로 바뀌는 건 없다. 단지 숫자가 한 자리 늘어났다는 것밖에는.

나는 두 발이 점점 차가워지는 것을 느꼈다. 하지만 실내화를 찾으러 방으로 돌아가지 않았다. 한번 원시인이 되기로 마음을 먹었으면 끝까지 고집스럽게 밀고 나가야 한다. 거기서 다시 실내화를 찾으러 간다면 이렇게 맨발로 있는 게 완전 멍청한 짓이 되어버릴 테니까!

나는 우리 층에 엘리베이터가 올라올 때까지 초조하게 기다렸다. 엘리베이터의 빨간 불이 깜빡거리자 갑자기 독수리 머리를 한 사슴이 또다시 떠올랐다. 그들의 눈도 이 불빛처럼 번쩍이고 있었다.

나는 안절부절못했다. 그래서 왼쪽 눈을 부드럽게 문질렀다. 이것은 내가 신경이 곤두서거나 거짓말을 할 때 하는 행동이다. 하지만 그렇다는 것을 알아차린 이후에는 사람들 앞에서 절대

이 행동을 하지 않는다.

나는 엘리베이터를 기다리면서 문득 아주 외롭다는 생각이 들었다. 솔직히 말하자면, 이 원시적인 순간을 홀로 보내고 싶지는 않았다.

당신 자신에 대한 본질적인 부분을 비7는 것, 그러니까 내 경우처럼 잠자는 것을 그만두겠단 결심을 하기 위해서는 절대 혼자 살지 말아야 한다고 생각한다. 당신 옆에서 "정말 멋질 거야. 오늘은 당신에게 최고의 날이야"라고 말을 건네줄 누군가가 꼭 있어야 한다.

이런 말들은 살면서 중요한 결정을 내릴 때마다 들리는 소리가 아닐까? 결혼식에 가면 이런 식의 말을 건네는 주변 사람들을 흔히 볼 수 있다. 또한, 서른다섯 살까지 갚아야 할 주택 담보 대출 서류에 서명할 때를 포함해, 중요한 때 당신에게 용기를 주는 멋진 말을 해주는 사람들이 있다. 그리고 무엇보다도, 간호조무사가 당신을 수술대로 옮기기 바로 전에 행운을 빌어줄 사람이 꼭 필요하다.

하지만 이 순간 내 곁에는 아무도 없다. 나는 늘 이렇게 혼자였다.

그러고 보니, 이런 이야기보다는 몇 시간 전에 벌어진 일에 대해서 먼저 이야기해주는 것이 더 중요할 것 같다. 왜 진작 미리 말을 하지 않았는지는 잘 모르겠지만⋯⋯.

실은 그 이유를 잘 알고 있다. 나는 가끔 본론으로 바로 들어가지 않고 주변만 빙빙 돌고 있을 때가 있다. 어쨌든 뿌리가 통증을 호소하면 나무는 결국 넘어질 수밖에 없으니까.

어제 어머니가 돌아가셨다.

어머니가 마지막으로 공연하셨던 보스턴에서 연락을 받았다. 그녀는 아주 유명한 발레리나였고 국내보다는 국외에서 대부분의 시간을 보내셨다. 늘 무언가 새로운 것을 창조하셨고, 세상을 상상하면서 예술의 한 조각으로서 삶을 사셨다. 가끔 왜 어머니가 그렇게 일을 많이 해야 하는지를 이해하지 못할 때에는, 삶이 무엇인가에 대해 제임스 딘이 배우로서 했던 말을 들려주시곤 했다.

"난 그저 최고가 되려는 게 아니다. 가장 높이 올라가서 아무도 나에게 닿을 수 없게 만들고 싶다. 나는 뭔가를 드러내기 위해서가 아니라, 단지 도달해야 할 곳에 가고 싶을 뿐이다. 당신의 삶을 온전히 헌신하면 당신의 모든 것은 곧 유일한 것이 된다."

그리고 그녀는 그것을 이루었다.

실은, 어제 어머니가 나를 버리고 가셨다는 것을 알았을 때, 나는 내가 세상을 등질 거라는 것을 알게 되었다.

나는 이 세상이 어머니라는 아주 큰 재산을 잃었다고 여겼지만 이제 그 믿음조차 버리기로 했다. 왜냐하면 아무도 그녀를 잡으려 하지 않기 때문이다. 그녀가 사라졌다고 해서 세상이 멈춘 것도 아니고, 사람들은 눈 하나 깜짝하지 않았다.

그렇다고 내가 자살하고 싶다거나 지구에서 사라지고 싶다는 뜻은 아니다. 단지 나에게는 변화가 필요했다. 뭔가 다른 것을 원했다. 더 이상은 이전에 알던 세상에서 살아갈 수 없을 테니까.

어머니는 떠났고 고통은 정말 참기 힘들었다.

이런 고통은 생전 처음이었다. 그렇다고 내가 처음으로 누군가의 죽음을 경험했다고는 오해하지 말길 바란다. 처음 맞게 되는 죽음에 대한 경험은 이겨낼 수 없을 정도로 너무 충격적이라는 것을 당신도 잘 알 것이다. 나는 살면서 여러 번 이런 고통을 겪었다.

3년 전, 나를 정말 예뻐해주셨던 할머니가 돌아가셨다. 이것도 내 삶을 흔들어놓을 정도로 충격적인 사건이었다. 돌아가시던 해에 할머니는 아무것도 기억하지 못하셨지만 내가 방문할 때마다 아주 반겨주셨다. 나를 보시면 기뻐 소리를 지르실 정도로 아주 좋아하셨다. 내가 정말 사랑했던 분인데……. 나는 몹시 울었다.

카프리 섬(나는 섬을 아주 좋아한다. 그래서 섬으로 여행 가는 걸 좋아한다. 작으면 작을수록 좋은데, 섬에 가면 그제야 사람 사는 것 같은 느낌이 든다)에서 보냈던 그날 밤이 떠오른다. 여자 친구가 한밤중에 슬픔에 잠겨 울고 있는 나를 흔들어 깨웠다. 나는 그때 할머니 생각에 눈물이 났었다. 돌아가신 지 두 달 정도 되었을 때였다. 그 소녀는 나를 부드러운 눈길로 바라봐주었다.

그때 기억 때문에 그녀와 헤어지고 나서 또 다른 누군가를 다시 만날 때까지 시간이 좀 걸렸다. 그녀는 나를 꽉 안아주었다(여성으로서 혹은 우정으로 하는 포옹이 아니라, 단지 고통에 맞서는 포옹이었다).

그 순간 나는 내 자신을 놓아버렸다. 너무 녹초가 되어서 그녀가 나를 꽉 안도록 두었다. 나는 단 한 번도 누군가가 나를 안도록 내버려둔 적이 없었다. 내가 포옹하는 건 좋아해도, 다른 사람에게 안기는 건 별로이기 때문이다.

그녀는 나를 꽉 안고서 속삭였다.

"괜찮아, 마르코스, 당신이 사랑했다는 것을 할머니는 아실 거야."

그 소리를 들으니 더 눈물이 흘러나왔다. 나는 갑자기 울음을 터뜨렸다.

나는 이런 식의 표현을 좋아한다. 그렇다고 사람들이 "갑자기 식성이 터지다" 내지는 "별안간 산책이 쏟아지다"라고 말하지는 않는다. 하지만 울음이나 웃음은 당신을 비롯한 모든 사람들이 터뜨리고 쏟아놓는다. 대개 이런 감정들은 산산이 조각조각 부서진다는 표현이 잘 어울리는 것 같다.

그날 밤 카프리 섬에서 나는 또다시 잠들지 못했다. 하지만 그녀는 잘 잤다. 그것도 내 품에 안겨, 내 팔베개를 하고서. 내 눈물은 천천히 말라갔다. 그리고, 몇 달 안 되어 우리 사이도 말라버렸다.

우리가 헤어지게 되는 순간이 다가오면 그녀가 나를 안아주며 달래주었던 그때에 대한 이야기를 나누게 될 거라 생각했다. 정말로 그녀가 그때 그 이야기를 꺼냈더라면, 그녀 곁에서 한 6개월쯤은 더 머물렀을 것이다.

물론 나의 이런 말이 냉정하고 계산적으로 들릴 수도 있다는 걸 안다. 과연 카프리 섬에서 슬픔에 잠겨 울고 있던 나를 위로해준 포옹이 사랑 없이 반년 동안씩이나 관계를 지속시킬 정도로 가치가 있는 것일까?

다른 사람에게는 몰라도 나에게만은 그만한 가치가 있었다. 나는 그 가치를 계산해보았다. 수학적으로가 아니라 감성적인 눈금으로 헤아려본 것이다.

하지만 그녀는 결국 나에게 아무 말도 하지 않았고, 나는 그 것에 감사했다.

멍청하게도 나는 언젠가 그녀를 잃게 될 거라고 늘 생각했다. 그렇지만 한 번도 먼저 입 밖으로 낸 적은 없었다. 이후에 그녀가 카프리 섬에서 결혼했다는 소식을 들었고, 그것이 어떤 면에서는 암묵의 메시지처럼 느껴졌다. 물론 단지 우연이었을 수도 있지만.

나는 "이제까지 살면서 내가 가장 사랑했던 여자는 바로 당신"이라고 그녀에게 고백하지 않았다. 그래서 결국 그녀를 잃게 되었다. 하지만 아주 깊숙이 간직하고 있던 비밀을 큰 소리로 폭로해버리면 오히려 얻지 못하게 되는 것들이 수없이 많다.

나는 이따금 할머니를 잃은 슬픔에 구슬피 울 때가 있다는 사실을 아무에게도 말할 수 없었다. 그걸 이해할 만한 사람이 있을지 모르겠다. 또한, 이해하려고 할 사람이 몇이나 있을지도 의문이다.

어머니의 죽음에 대해서는 아직 아무에게도 말하지 않았다. 가까운 사람들에게조차 그 소식을 전하지 않았다. 사람들은 자신이 원하는 것, 그리고 관심 있는 것만 이해하려고 한다.

이 세상 사람들이 어머니의 죽음을 슬프게 받아들일 수도 있겠지만 그들에게 그 사실은 단지 잠시 지나가는 수많은 일 중 하나일 뿐이다.

엘리베이터가 열린 바로 그 순간, 그 고통을 더 이상 참을 수
없게 되었다.

그 안에서 평상복을 차려입은 태국 청년과 네덜란드 의상을
입은 노신사 한 분이 내렸다. 청년은 회색빛이 도는 금속 가방
을 들고 있었다. 그 안에 뭔가 소중한 것이 들어 있는 것 같았
다. 그는 나를 위아래로 훑어보았다. 그들은 맨발로 나와 있는
내 모습을 보고 놀란 것 같았다. 뭐 아닐 수도 있지만…… 실은
내가 다른 사람과 뭔가 다르다고 느낄 때마다 세상 사람들이 분
명 그 차이를 알아챌 거라는 생각이 들었지만 실제로 대부분의
사람은 아무것도 눈치채지 못했다.

어머니가 불러주셨던 노래인 〈미남 미녀들은 이상해〉(바르셀
로나 출신의 인디 팝 밴드인 '마넬'의 곡—옮긴이)가 머릿속에 떠올
랐다.

미남 미녀들은 이상해. 온 세상 사람들이 그것을 알고 있지만 감히 아
무도 입 밖에 내지 못한다네. 그들조차도 자신의 외모에 만족하지 못
하고 남들과 다르다는 것에 열등감을 갖고 있네.

여하튼 나는 이 노랫말을 좋아했다. 물론, 미남 미녀가 모두

그렇다고 단언하는 것 자체가 어폐가 있다는 걸 알지만, 잘생긴 사람이 되는 게 만병통치약이 아니라고 생각하는 건 정말 마음에 든다.

나는 확실히 미남이 아니다. 분명하다. 만일 내가 정말 미남이었다면 이런 노래를 좋아할 리가 없었을 테니까 말이다.

어머니는 내가 제임스 딘을 아주 많이 닮았다고 하셨다. 어머니들이란 원래 그런 말을 하기도 하니까. 하지만 몇 년이 지난 후에도 10여 명에게서 같은 소리를 들었다.

나는 메노르카 섬에서 제임스 딘을 알게 되었다. 물론 이미 그가 수년 전에 자동차 사고로 죽었으니 실제로 본 것은 아니다. 그 섬은 어머니가 공연하기로 하셨던 곳인데, 그날 비 때문에 공연을 못 하게 되었다.

우리는 포르넬스 호텔에 묵었다. 어머니와 나는 한낮의 비가 어떻게 해변에서의 일요일을 따분한 대기 상태, 즉 별 볼 일 없는 날로 만들어놓고 있는지를 그저 멍하니 바라보고 있었다. 그날은 마치 내 삶 속에 포함되지 않을 날 같았다.

어머니는 나에게 인기 스타를 만나고 싶으냐고 물어보셨고, 스타들 중 한 명이 잠깐이지만 선명하게 내 앞을 지나갔다. 순간이긴 했지만 세상 모든 사람들이 넋을 잃고 그를 쳐다보았고, 모든 사람들에게 잊을 수 없는 경험이 되었다. 그때 내 나이 열두 살이었는데, 비 오는 날 받은 넘치는 대접에다 눈부시게 빛나는 스타까지 봐서 정신이 혼미해졌다.

어머니와 나는 영화 〈에덴의 동쪽〉과 〈이유 없는 반항〉, 〈자이언트〉를 보았다. 제임스 딘이 주연으로 나온 모든 영화를 그날 밤에 보았는데, 한 번에 연결해 보는 것은 식은 죽 먹기였다. 내가 〈자이언트〉를 다 보고 나자 어머니의 예상은 적중했다. 그날 눈부시게 빛나는, 평생 잊지 못할 스타가 내 삶을 뚫고 지나갔다.

물론 내가 제임스 딘을 닮았다고 생각한 적은 한 번도 없다. 그를 닮고 싶다는 바람으로 그와 조금씩 비슷해지고 있다는 생각은 들었지만. 아마도 이건 강아지들이 주인에게 푹 빠져서 그와 닮게 되는 것과 비슷한 느낌일지도 모르겠다.

나는 늘 제임스 딘이 잘생긴 게 아니라 그가 요술쟁이인 거라고 우겼다. 사람들에게 아름답게 보이도록 마법을 부린 거라고 말이다.

은색 가방을 든 청년은 아름다웠다. 그는 새까만 머리카락을 갖고 있었다. 늘 나는 남자다운 색깔의 머리카락을 좋아했다. 그건 나에게 없는 것이었다. 내 머리카락은 옅은 갈색이었다. 카프리 섬에서 나를 안아주었던 소녀는 늘 내 머리카락이 환상적이라고 했지만 나는 그 말이 진심일 거라고는 절대 생각하지 않았다. 나는 침대에서 안고 있는 동안에 하는 아첨을 별로 믿지 않는 편이다.

"저희가 들어가도 될까요?"

짙은 색의 머리카락을 가진 청년은 먼저 자신을 소개하지도 않고 질문했다.

"아, 그럼, 그럼요."

나는 얼떨결에 같은 말을 두 번이나 반복했다. 나는 불안할 때 말을 반복하는 버릇이 있다. 어릴 때부터 쭉 그랬다.

나이가 많은 네덜란드 노신사는 아무 말도 하지 않았다. 그들이 집에 발을 들였다. 현관문을 들어서고 나서 그들은 그대로 멈춰 섰다.

나는 이런 정중한 행동들이 낯설었다. 현관에서 거실까지 그냥 걸어올 수 있는데도 그렇게 하는 사람들을 보면 치즈가 있는 곳을 가르쳐줘야만 하는 실험실의 쥐가 떠오른다. 결국, 내가 앞장서서 그들을 거실까지 데리고 오기로 했다.

탁자 위에는 어제저녁에 먹었던 음식들이 아직도 널브러져 있었다. 나는 여전히 세 가지 음식만 먹는다.

이상하게 들리겠지만 그 순간 나는 블라인드를 올려야겠다고 생각했다. 때는 밤이었고 그렇게 한다고 바뀌는 것은 하나도 없었지만.

그들을 내 거실에서 편하게 있게 하지 말아야겠다는 결심이 든 순간, 그들은 소파 딱 중앙에 앉았다. 나는 그들에 대해서 잘 알지 못했다. 내 안의 무언가가 그들에 대해서 아는 걸 허락하지 않을 거라고 말했다.

"테라스로 나가는 게 낫지 않을까요?"

나는 약간 강요하는 투로 물어보았다.

노신사는 청년을 힐끔 쳐다보더니 그러자고 했다. 그 순간 그 청년이 노신사의 경호원이라는 것을 알게 되었다.

그들은 그러자고 했다. 솔직히 말해서, 위급한 상황이 아니고서야 모르는 누군가가 먹다 남긴 라사냐를 마주하고 싶지는 않을 테니까.

그들은 또다시 내가 먼저 길을 안내해주길 예의 바르게 기다리고 있었다. 나는 바로 두 걸음 떼면 있는 테라스로 친절하게 앞장서서 갔다. 그들은 아주 고분고분하게 말을 잘 듣는 생쥐들이었다.

나는 평생을 아파트 9층에서만 살았다. 단 한 번도 일부러 바꾼 적이 없었다. 딱 한 번, 이전보다 좀 더 넓은 테라스가 있는 곳으로 옮겨달라고 한 적은 있었다. 나에게 그건 엄청난 발전이었다.

나는 좀 더 큰 테라스에서 내다보는 좀 더 멋진 전망을 원했다. 우리 집 테라스에서는 산타아나 광장이 한눈에 들어온다. 이곳은 내가 살면서 보았던 광장 중에 가장 아름다운 곳이다. 이곳에 무엇이 있는지 속속들이는 모르지만 대략 광장 옆쪽에 에스파뇰 극장이 자리 잡고 있고, 광장의 각 모퉁이에는 마술 공연이 펼쳐지고 있다.

그 당시, 내가 광장을 바라보고 있던 시간이 새벽 3시였는데, 그 시간을 가득 메우고 있는 생명체들의 움직임에 입이 떡 벌어졌다. 모든 식당이 영업을 하고 있었고 어린이들은 그네를 타고 놀고 있었으며, 아이의 어머니들은 다른 어머니들과 함께 주변에서 차를 마시고 있었다. 게다가 수많은 사람들이 '렘'을 즐기고 있었다.

렘은 최근에 생겨난 새로운 아침 식사이다. 맞는 말인지는 모르겠지만, 많은 사람들이 하루 식사 중에서 렘이 가장 중요하다고 한다. 아마도 모두가 24시간을 뜬눈으로 보낸다는 가정을 해보면, 렘이 영양분을 공급받을 수 있는 가장 중요한 순간이 될 수도 있을 것이다.

시계가 3시를 가리키고 있었다. 나는 시계를 늘 1분씩 앞당겨 놓곤 한다. 앞서 말했던 것처럼 나는 성질이 급하다. 그 시간에는 옷을 잘 챙겨 입은 사람들이 눈에 잘 안 띈다. 회사에 늦어서 뛰어가기 일쑤이니까. 새벽 3시 반에 벌써 신문 배달이 시작되고 있었다.

광장은 혼돈 그 자체였지만 그 약을 받기에는 이런 정신없는 상황이 안성맞춤이었다. 나는 그때쯤 그 주사를 맞게 될 거라고 이미 예상했다.

나는 그 노인이 단 1초도 광장에 눈을 두고 있지 않다는 것을 알아챘다. 그는 테라스 중앙에 있는 흰색 탁자 위에 가방을 턱 올려놓았다.

바로 그 순간, 나는 어머니 생각을 하고 있었다. 그녀가 죽었고, 그래서 내가 잠을 자지 않는 주사를 맞기로 했다는 걸 알게 된다면, 과연 그가 뭐라고 할까.

나는 나의 세상이 달라지길 바랐고, 더 이상 돌아가신 어머니 꿈도 꾸고 싶지 않았다. 하지만 어머니가 내 곁에 있었을 때부터 이미 세상은 이전과 많이 달라져 있었다.

눈물이 뺨을 타고 흘렀다.

그 두 사람은 내가 그 약을 받고 감동해서 그런 거라고 생각했다. 설령 그들이 진실을 알았더라도 나를 이해하지는 못했을 것이다. 그들에게도 어머니는 있겠지만 그렇다고 같은 마음으로 나를 이해하지는 못할 것이다.

그 노인은 손에 들고 있던 가방을 내게 건네주었다.

몇 초만 있으면 이 세타민이라는 약이 어떤 건지 알 수 있게

될 상황이었다. 아홉 달 전부터 온 세상을 미치게 만든 이 약의
정체를 말이다.

3.

뭔가를 찾는 도둑처럼,
그리고
그것을 숨기는
주인처럼 생각하기

그 노신사의 손이 회색 가방 안으로 들어갔다가 다시 나타났다. 그의 손가락에는 작은 주사기가 들려 있었는데 주삿바늘이 없었다. 어떻게 구멍을 뚫을 것인지 도통 감이 안 왔다. 그것은 오래전 삼촌이 서재 책상 위에 두고 사용했던 USB 정도의 크기였다. 노신사는 그것을 "전자 연필"이라고 불렀다.

주사기라고 안 해줘서 고마울 뿐이다. 나는 주사라면 질색을 한다. 보기만 해도 무섭다. 어머니는 주사를 맞는 것이 숨을 불어넣어 생명력을 얻고 소원을 빌 수 있는 기회라고 늘 말씀하셨다. 하지만 바늘이 내 피부를 뚫고 들어오는 일이 즐거웠던 적은 맹세코 단 한 번도 없었다. 많은 사람이 그것에 대한 좋은 이미지를 심어주려고 그렇게 노력했지만 말이다.

그 노신사가 묘하게 생긴 캡슐 두 개를 내보였다. 내가 그것을 집으려 하자 그는 재빨리 뒤로 감춰버렸다. 마치 짧은 촌극을 보는 것 같았지만 사실은 정반대였다. 그는 진지했다. 지금으로서는 그것의 사용법과 최종 목표 지점에 이르는 과정을 아는 사람은 그뿐이었다. 또한 분명한 건, 알맞은 사용법을 먼저 설명하지 않고는 그 약을 내줄 리가 없다는 사실이다.

아주 철저한 사람이라는 인상을 받았다. 그의 이런 행동은 나같이 성미가 급한 사람들에게는 완전 쥐약이었다. 나는 그것을 얼른 혈관에 찔러 넣고 싶었다. 하지만 그는 모든 과정을 차례차례 설명해주고 싶어 했다.

그가 눈을 부릅뜨고 내 눈을 쳐다보았기 때문에 더 이상 그의 시선을 피할 수가 없었다.

"어떻게 사용하는지 아십니까……?"

그는 한 자 한 자 끊어서 뜸 들이며 물었다.

나는 그의 섬세한 목소리 톤이 마음에 들었다. 그의 목소리는 청년의 목소리보다 훨씬 더 감미로웠다. 그가 나와 공감대를 형성하고 싶어 한다는 것이 확 티가 났다. 나는 내가 더 이상 친구들을 사귀고 싶어 하지 않은 지 오래되었다는 사실을 몰랐다. 이미 수년 전에 내가 만날 사람들의 할당량을 훨씬 넘어섰다.

"이 주사를 그냥 맞으면 되는 거겠죠. 자, 끝. 아닌가요?"

나는 당연한 듯 대답했다.

"음…… 이론상은 맞습니다. 주사를 맞는 거지요. 여기에 약이 들어 있으니까요. 하지만 실제 사용 방법은 생각보다 더 복잡합니다."

"무슨 말씀이시죠?"

"잠깐 앉아서 저랑 이야기를 좀 나눌 수 있을까요?"

그는 아주 정중하게 요청했다.

그 순간 나는 그와 함께 앉을 이유도, 그의 말을 들을 필요도 없고, 다만 그 주사를 맞기만 하면 된다는 것을 알고 있었다. 하지만 그의 목소리가 나를 잡아 끌었다. 그의 목소리를 들으니 어렸을 때 예수님에 관해서 이야기해주셨던 할아버지 신부님이 생각났다.

그때 나는 신부님의 말씀을 넋 놓고 들었다. 그분이 내게 설명해주는 것이라면 뭐든지, 무조건 믿었다. 교리와 기적, 믿음에 대해서. 나의 할머니가 죽음의 문턱에 있을 때까지도 나는 주기도문과 아베마리아 기도문, 사도신경을 수없이 외웠다. 하지만 결국 할머니는 돌아가셨고, 나는 그때 신부님이 내가 해서는 전혀 먹히지 않는 몇 가지 요술을 가르쳐주셨다는 것을 깨닫게 되었다.

나는 그 노신사 곁에 앉았다. 그는 자신의 목소리가 나를 꿰뚫고 지나가길 바라며 내 시선에서 주사기를 멀리 떨어뜨려놓았다. 마치 축제 날 보았던 마법사 같았다.

자신의 기회를 알고 그것을 활용하는 사람들은 수없이 많다. 생선 장수는 언제 당신이 가시가 없는 물고기에 대해서 물어볼 건지를 이미 알고 있다. 또한, 피부과 의사는 언제 시커먼 주근깨에 대한 걱정을 설명해야 하는지, 그 시기를 분명히 알고 있다. 게다가, 매주 목요일마다 오셔서 손이 잘 닿지 않는 부분에 쌓인 먼지 때문에 나를 혼내시는 가사 도우미 아주머니도 내가 언제 그녀의 충고를 따라야 하는지를 꿰뚫고 있다.

"젊은이, 자네 이름이 뭔가?"

노인은 나에 대해 좀 더 알려고 들었다. 같이 온 청년은 담뱃불을 붙였고 수천 번을 들었을 법한 대화에는 전혀 관심이 없다는 듯 광장을 이리저리 둘러보고 있었다.

"마르코스입니다."

나는 예의 바르게 대답했다.

"마르코스, 이 제품 광고에서 말하는 것처럼 자네가 잠들고 싶지 않을 때 바로 이 약물을 주사하면 된다네. 그러면 자지 않고도 하루 24시간을 살아갈 수 있는 힘이 생기는 것을 조금씩 감지하게 될 걸세."

"네, 저도 그렇다는 걸 알고 있습니다."

"좋아, 그러니 그 말이 옳다고 자네에게 말해야겠지. 하지만 다른 한편으로 보면 그 말은…… 거짓말이기도 하다네."

그는 흥미롭고도 극적인 침묵을 이어가더니 이런 결론을 내렸다.

그 순간 나는 담배가 피우고 싶어졌다. 그래서 청년에게 담배 한 개비를 부탁했다.

물론 담배가 예전 같지 않은 지는 벌써 오래되었다. 나의 삼촌은 완전 골초이셨는데 할머니가 암으로 돌아가시자 담배를 바로 끊으셨다. 그리고 얼마 안 되어 담배는 사람들을 떠나버렸다. 담배 속에 있는 니코틴이 모두 제거되어서 지금은 연기가 나는 사탕처럼 돼버렸다.

모든 세대가 담배를 증오했지만 우리 세대는 여전히 텔레비전에서 나오는 험프리 보가트의 고전 작품 속에서 담배를 찾아보곤 했다. 그것을 보다가 흑백영화 시대에 살았던 우리의 영웅들을 흉내 내며 가끔씩 담배를 피우고 싶어 한다.

나는 공손하게 담배를 받아서는 아주 천천히 불을 붙였다. 오직 나만이 누릴 수 있는 순간이었다. 나는 일순간 흑백 고전 영화 속으로 빨려 들어갔다.

"그래서 무슨 이야기를 하고 싶으신 거죠?"

나는 질문을 끝내는 동시에 할 수 있는 한 모든 연기를 내뿜었다.

"그 약을 맞으면 잠을 자지 않게 되고 자네 몸의 움직임도 원래 상태로 천천히 회복될 걸세. 하지만 여기서 가장 중요한 건 그렇게 될 거라고 자네가 스스로 인식하는 것이라네. 인생에서 모든 것이 다 그렇겠지만 무엇보다도 자네 머리가 먼저 그 변화를 받아들여야 하지. 이해가 되나?"

나는 사람을 선동하거나 동의하게 만드는 "이해가 되나?"와 같은 말들을 정말로 싫어한다. 사람들을 순순히 따르게 만드는 말은 참을 수가 없다. 단, 이런 일을 하는 그를 제외하고.

물론 그가 이런 내 성향을 모르긴 했다. 하지만 누군가가 내가 하려는 일과, 그것과 관련된 변화와 의미에 대한 내 분별력과 생각을 의심하는 건 정말 귀찮고도 불쾌한 일이었다.

"지금 제가 뭘 하려는지 알고 있느냐고 묻고 계신 겁니까?"

"대충 그런 뜻이지."

그는 다시 내 눈을 뚫어지게 보았다.

"네, 정확히 알고 있습니다. 잠을 안 자려는 거죠. 그러고 싶고요. 이거 말고 뭐가 또 있나요?"

나는 공감할 기미를 전혀 내비치지 않고 대답했다.

그럼에도 불구하고 그는 나를 빤히 쳐다보았다. 그는 분명 중요한 순간에 이렇게 서둘러 일을 간단하게 만드는 걸 좋아하지 않는 사람일 것이다. 그는 진실한 간단함을 참지 못했고, 나는 거짓된 복잡함을 견디지 못했다.

"설명은 여기까집니다."

그는 확실히 못을 박았다.

"저희는 사용자가 뭘 하게 될지를 정확히 알려주고 확인해주어야 합니다. 자, 그럼 돈은 준비되셨나요?"

그는 갑자기 말투를 싹 바꾸더니 돈 이야기를 꺼냈다. 순식간에 부드러운 태도를 거두고 까칠하게 변했다. 또한, 정중하게 나를 바라보던 눈빛도 사라졌다. 그에게 나는 더 이상 흥밋거리가 아니었다.

나는 돈 봉투를 찾으러 방으로 갔다. 전부 현금이었다. 그들은 늘 현금으로 받는다. 처음 주사를 맞은 사람들 중에 수표나 다른 방법으로 결제했다가 거래를 무효로 하고 사라지는 경우가 더러 있었기 때문이란다. 이후에 그들을 찾는다고 해도 이미 영원히 잠이 사라져버린 걸 어떻게 원래 상태로 돌려놓을 수 있단 말인가? 잠을 안 자게 되는 순간 불사신처럼 되어버리는걸. 만일 당신이 이미 주사를 맞았다면, 그 누가 약효를 강제로 빼앗아 갈 수 있겠는가?

아무튼, 그래서 그 후로 그들은 현금으로 받아 간다고 했다.

나는 전날부터 집에 돈을 준비해두었다. 어머니를 잃었다는 사실을 알고 나서는 바로 은행에서 돈을 인출했다. 내가 사는 건물 출구에 은행이 있었다. 물론 건물 밖 거리로는 한 발자국도 나가지 않았다.

내 전 재산을 거의 다 뺐을 당시, 시간은 밤 11시를 지나고 있었다. 집에 들어와서는 돈을 어디다 두어야 할지 도저히 생각이 떠오르지 않았다. 약물을 가져올 시간이 얼마 남지 않기는 했지만 내가 잠든 사이에 누군가 몰래 그 돈을 가져가버릴까 봐 겁이 났다.

어디다 숨길까 고민하는 사이에 시간이 금방 지나갔다. 당신도 집에 돈을 숨기고 나서 문제가 생긴 경험이 있었는지는 잘 모르겠다. 이건 참 복잡한 일이다. 왜냐하면 돈을 숨기는 주인 입장에서 생각하는 동시에 그것을 찾는 도둑 입장에서도 생각하게 되기 때문이다.

당신이 숨기기 좋은 장소를 찾아냈다고 생각하더라도, 동시에, 당신이 찾은 첫 번째 장소를 도둑도 발견하게 될 거라는 걸 알아채게 되기 때문이다.

양말, 신발, 옷장 바닥, 후미진 곳, 타일 속, 화장실 수납장…… 모든 곳이 다 숨기기에 최적의 장소 같았지만, 동시에 그 모든 곳이 너무 찾기 쉬운 뻔한 장소처럼 보였다.

적당한 장소를 찾다 보니 두 시간이 훌쩍 지나갔다. 돈을 가진 사람이나 도둑이 생각지도 못할 장소여야 했다. 단, 내가 기억하기 쉬운 곳이어야 했다. 나는 이전에 귀중품들을 숨기고 나서 그곳을 찾지 못해 애태운 적이 한두 번이 아니었다.

나는 결국 내 베개 쪽으로 다가갔다. 그리고 베갯잇을 빼서 그곳에 내 돈이 전부 들어 있는 흰 봉투를 올려놓고는 촘촘히 바느질을 했다. 정말 아이러니하게도 베개가 잠을 못 자게 하는 열쇠를 품게 되었다.

나는 테라스로 돌아왔다. 두 남자는 아무런 이야기도 하고 있지 않았다. 그 모습을 보니 서로 인내심의 한계를 느낀 사람들 같다는 생각이 들었다. 나는 그들이 돈 문제와 성격 차이, 여자들 사이에서 생기는 문제 같은 아주 사소한 문제로 싸우는 상상을 했다.

나는 노인에게 돈을 건넸다. 이 돈은 청년에게 전달되었고 그는 바로 돈을 세기 시작했다.

돈을 다 세고 나서 다시 한 번 셌다. 그리고 세 번째로 돈을 다시 셌다. 세 번을 확인하는 동안 아무도 말을 하지 않았고 서로에게 눈길조차 주지 않았다. 단지 광장에서 북적거리는 사람들의 소리만 들릴 뿐이었다.

얼마 지나지 않아 돈을 다 셌다는 기척이 들렸다. 돈은 요란하게 움직였다.

"맞습니다."

그 청년은 마치 삼중 확인까지는 하지 않았다는 듯 덤덤하게 말했다.

노인은 나에게 주사기 두 대를 넘겨주었다. 나는 그것들을 집었다. 노인의 손은 차가웠다. 나는 몸에 온기가 없는 사람들을 좋아한 적이 단 한 번도 없었고 지금도 그렇다.

"그럼 사용해보시죠."

그는 긍정적인 어투를 싹 빼고 말했다. 마치 미안해하는 자신의 속마음을 눈치채지 못하게 하려고 일부러 그러는 것 같았다.

"감사합니다. 나가시는 길은 잘 아실 것 같네요."

나는 기계적으로 대답했다.

"네, 알고 있습니다."

"문까지 배웅해드리지 않는 게 아주 예의 없는 행동이란 걸 알지만 들어왔던 길을 되돌아가서 엘리베이터가 올 때까지 기다리고, 다시 작별 인사를 하고 싶지는 않아서요."

그들은 오히려 그런 내 말에 감사해하는 눈치였다. 그들은 바로 떠났다. 분명 그들은 내게 했던 것처럼 잠을 끊고 싶어 하는 수많은 사람을 깨우러 가야 했을 것이다.

나는 그 노신사가 남긴 냉기가 묻은 의자에 앉아 계속 담배를 피웠다. 내 깨끗한 폐가 가짜 니코틴을 힘껏 뿜아내고 있었다.

내 왼손은 두 대의 주사기를 쥐고 있었다. 나는 그것을 더욱
꽉 쥐었다.

4.

두려움들과
그 결과들

우리는 두려움을 가지고 있다. 모두에게는 두려움이 있다. 하지만 그나마 다행인 건 아무도 우리에게 무슨 두려움이냐고 묻지 않는다는 것이다.

나는 두려움을 느끼고 그것의 냄새를 맡는다. 어느 날은 공항에서 그것들과 마주치고, 어두운 길을 가다 느끼기도 하며, 모르는 도시에서 버스를 탈 때도 문득 마주하게 된다. 우리는 하늘을 나는 것과 어둠에 대해서, 우리의 마음을 사로잡는 것이나 사랑하는 사람들에게도, 그리고 섹스를 할 때도 두려움을 느낀다.

주사기를 꽉 쥐고 있었던 그날 밤, 나는 무언가를 잃게 될 거라는 끔찍한 공포에 휩싸였다. 잠을 안 자는 대신 뭔가 더 나은 상태로 있어야 한다는 생각들이 가득했다. 광장에 있던 사람들 중 한 명보다는 더 나은 뭔가가 되어야 한다는……. 언젠가 어머니는 내게 이런 말씀을 하셨다.

"누군가와 다르게 된다는 것은 네 편이 얼마나 많이 있는가에 달려 있단다."

그 순간, 노신사가 주사기를 주며 한 말이 나에게 뭔가 영향을 끼쳤던 건지, 아니면 살면서 수없이 벌어지는 일들이 그러하듯 그냥 단순하게 주사를 맞고 싶지 않다는 생각이 든 건지는 잘 모르겠다. 물론 당신도 결혼, 투자, 키스, 섹스 등 이 모든 것이 다가오는 순간에 온갖 두려움에 휩싸여 등을 돌려버리게 될 수도 있을 것이다. 인정한다. 나는 그 약을 원하지 않았고, 해야겠다고 생각했던 것도 아니었다는 걸 인정하게 되었다.

그 약이 소개되었을 때, 대다수의 사람은 절대 그걸 맞지 않을 거라고 했다. 밤에 잠자는 것, 낮잠이나 꿈꾸는 걸 포기하는 건 바보 같은 짓이라 떠들어댔다. 그러나 몇 달이 지나지 않아 많은 사람들이 그것에 굴복했다. 눈을 뜨고 있으면 할 수 있는 삶의 일부분을 잃어버리든지, 그게 아니면 생각을 바꾸어야 한다는 사실을 깨달은 것이다.

어떤 이들은 그저 질투 때문에, 단지 샘이 나서 주사를 맞기도 했다. 내가 잠든 사이에 내 애인은 무엇을 하고 있을까? 누구와 무엇을 하고 있었을까, 무엇을 보고 느꼈을까……? 많은 사람들이 그 약을 손에 넣었다. 그것을 원하지 않았던 사람들은 밤의 순간을 경험하지 못했다. 그 어둠의 순간들은 마치 이 별에서 가장 아름다운 일들이 벌어지기 위해 존재하는 것만 같았다. 당신의 배우자가 집에 와서 당신을 깨우고, 눈곱이 낀 채로 있는 당신에게 새벽 5시에 벌어진 믿을 수 없는 이야기를 할지도 모른다는 착각에 사로잡힐 수도 있다. 이런 이유가 밤의 유흥을 버리지 못하게 하는 데 영향을 주었을 수도 있다.

하지만 그런 이유들을 듣게 된다 하더라도 나는 잠을 그만두고 싶지 않았다. 나는 잠을 자는 것이 미래를 여행하는 것과 같다고 늘 믿어왔다. 많은 사람들은 우리가 절대 미래를 여행할 수 없다고 여겼지만 나는 우리가 매일 밤 그럴 수 있다고 믿고 있다. 당신이 잠에서 깨면 그 사이에 믿을 수 없는 엄청난 일들이 수없이 벌어져 있다. 각종 조약에 이미 서명이 되었고 주식시장도 변해 있다. 수많은 사람들이 배우자와 헤어졌고, 지구 어딘가에서는 누군가가 사랑에 빠져 있다. 그렇게 삶은 계속되고 있다…….

이런 중요한 사건들이 우리가 잠자고 있던 사이에 벌어진 일들이다. 현실에서 여덟아홉, 열 시간에 걸쳐 일어나는 이런 일들이 꿈속에서는 눈 깜짝할 사이에 벌어지기도 한다. 물론 이것은 당신이 얼마나 원하는가와 찾는가에 달려 있다. 그리고 잠자는 게 늘 똑같을 수도 없다.

나는 늘 잠을 제대로 자면서도 숨을 쉬는 것을 경이롭게 여겨왔다. 그리고 잠을 자는 것과 미래를 여행하는 것의 가치를 언제나 굳게 믿어왔다. 아마 그래서 오로지 나만의 시간인 그 야간 비행 순간을 잃어버리는 것에 두려움을 느꼈던 것 같다.

이제 당신에게 비밀을 하나 털어놓으려고 한다. 나는 내가 잠이 들고 있다는 걸 알아채지 못할 정도로 빨리 잠이 든다 싶으면 두려움에 갑자기 눈을 뜨게 된다. 그리고 주체할 수 없는 두려움에 휩싸이게 된다. 마치, 내 몸이 잠들었지만 내 뇌는 그러지 않은 것처럼 말이다. 갑자기 이런 뜻밖의 충격과 아주 본질적인 두려움이 나의 잠을 뒤흔든다. 그럴 때면 마치 내가 의지할 곳 하나 없는 작고 어린 소년이 된 것만 같다. 그래서 옆에 있는 누군가가 나를 돌봐주는 답례로 그 사람을 안고서 내 모든 사랑을 쏟아부으며 섹스를 한다.

나이를 먹으면서, 얼마 안 되어 잠들었을 때 스스로 그것을 알아채고 빨리 깨어나기만 한다면 이 두려움을 통제할 수 있다는 것을 깨닫게 되었다. 이것은 원초적이면서도 순간적인 두려움이지만 그것을 빨리 감지하기만 하면 통제하기도 쉬워지는 것이다. 하지만 이상하게도 실제로 나는 그 두려움을 조절하고 싶어 하지 않는다. 나는 약하디약해빠진 나를 바라보는 것을 좋아한다.

어쨌든 나는 내가 그렇게 강하게 부인하며 하기 싫어했던 것을 하게 될 것이다. 이미 많은 사람들이 잠을 자지 않지만, 여전히 나는 잠자는 게 중요하다고 믿었다. 그러나 어머니가 나를 떠났다는 사실을 알았을 때 모든 철학도 서서히 사라져버렸다.

잠을 자지 않는다면 곧바로 일감이 늘어나고 새로운 집을 장만할 수 있을 거라는 생각이 들었다. 물론 노동시간도 달라지고 색다른 방법으로 시간을 보낼 수도 있을 것 같았다. 사람들은 잠을 자지 않으면 삶이 변한다고들 한다. 잘은 모르겠지만 맞는 말인 것 같긴 하다. 물론 사람들이 수많은 거짓말을 하긴 하지만……. 거의 대부분의 사람들이 많은 돈이 드는 여행이나 값이 좀 나가는 콘서트 입장료에는 아무런 불평을 하지 않는다. 보통 추가 비용은 우리가 좋아하는 것을 하거나 그 반대로 우리가 싫어하는 것을 숨기는 데 들어간다. 그 누구도 별 의미도 없는 윤락가를 찾아다니면서 웃돈을 줄 만큼 멍청하지는 않다.

나는 이미 과도한 두려움에 휩싸여 있다는 생각이 들었다. 천천히 명상하면서 내린 결론이다. 나는 광장을 바라보면서 서서히 주사기를 팔에 갖다 댔다.

하지만 내 혈관에 그 액체가 스멀거리며 들어간다고 느낀 바로 그 찰나, 예상치도 못한 일이 벌어졌다…….

5.

축음기 바늘 모양의
성대

그 일이 벌어졌다. 그녀를 본 것이다. 사람들로 가득한 산타 아나 광장 한복판에 그녀가 서 있었다. 정중앙이었다. 뭔가 더 볼 만한 게 있나 찾아보려고 일부러 중앙을 바라본 것도 아니었다.

그녀는 누군가를 기다리고 있었다. 사방을 두리번거리며 누군가를 찾고 있는 듯했다. 그녀의 눈동자는 사람들의 몸과 피부며 발걸음 등을 좇고 있었다. 약속 장소에 도착할 누군가를 기다리며 매우 초조해하고 있었다. 7층 건물에서 그 모습을 바라보던 나는 그녀에게서 눈을 뗄 수 없었다.

그녀의 기다림에는 무언가가 있었다. 누군가를 기다리는 그녀의 모습이 강하게 나를 사로잡았다. 이미 당신에게도 말했지만 나는 그녀와 사랑에 빠진 게 아니다. 그 느낌은 이제까지 한 번도 경험해보지 못한 뭔가 색다른 감정이었다. 사랑이라는 감정 약간에 성적인 에너지가 지배적인 무언가. 그 소녀의 기다리는 모습에는 뭔가 이상하고 묘한 느낌이 있었다. 서 있는 자세라든지 움직이는 모습, 뭔가를 찾는 모습들이 내게 새로운 느낌을 일깨워주었다. 그녀에게서 뭔가 웅장한 서사적 느낌이 뿜어져 나왔다.

반면 맨발인 채로, 그것도 꼭두새벽부터 서서 피부에 밀리미터 단위의 구멍을 내 이상한 주사기를 꽂고 있는 내가 마약중독자 같다는 생각이 들었다. 마치 약을 하고 나서 무아지경에 빠지기 전에 부작용이 나타난 환자 같았다.

갑자기 아코디언 연주자와 기타 연주자가 재즈 선율을 연주하기 시작했다. 그러자 머리를 번드르르하게 치장한 열다섯 살도 채 되지 않아 보이는 아주 어린 소년이 완전히 한물간 스타일로 노래를 부르기 시작했다. 마치 그의 성대가 축음기 바늘에 이어진 것 같았다.

그 노래가 아니었다면 나는 별로 신경 쓰지 않았을 것이다. 그가 부른 그 재즈 멜로디는 어머니가 좋아하시던 곡이었다. 어머니는 내가 어렸을 때 하루 종일 그 곡을 틀어놓으셨다.

나는 늘 재즈의 거장들과 아침과 점심을 비롯해 저녁 식사까지 함께했었다. 찰리 파커와 롤링스, 듀크 엘링턴은 나의 유년기에 울려 퍼지던 목소리들이었다. 어머니는 늘 낮은 소리로 속삭이듯 노래를 부르셨다. 몸에 온 힘을 실어 노래하신 적이 단한 번도 없었다. 노래는 속삭여야 한다고 믿고 계셨다.

"살다 보면 생각보다 속삭일 수 있는 공간이 아주 적단다."

어머니가 해주신 말씀이다. 나는 3분이나 6분 정도 퍼지는 그 속삭임을 잘 받아주었다. 그 가수들이 짧게 속삭이는 시간은 아주 정확했다.

널 사랑해…… 널 잊지 못할 거야…… 계속…… 그렇게…….

하지만 속삭임이란 너무도 강렬해서 침대에서만큼은 하지 말아야 한다. 침대 위에서는 모두가 거짓말을 한다. 단 한 사람도 빼놓지 않고 모두 다 그런다.

"섹스할 때를 제외하고는 절대 침대 위에서 속삭이지 말아야 한단다."

어머니는 베이징 공항에서 택시를 타고 오면서 속삭이는 목소리로 이 말을 반복하셨다.

이제, 당신에게 그 말을 전할 시간이 다가온 것 같다. 어머니는 섹스에 대해 종종 말씀해주셨다. 그건 내 인생의 행운이었다. 내가 열세 살 때부터 어머니는 이 주제에 대해서 말씀하셨다. 세상에 모든 부모들이 대화 시 절대 말하고 싶어 하지 않는다는 바로 그 주제를 말이다.

처음 그 이야기를 들었을 때는 좀 지루했다. 당신도 열세 살때는 어머니가 해주시는 말씀을 별로 좋아하지 않았을 것이다. 물론 섹스 이야기라면 또 달랐겠지만.

나의 어머니는 모든 분야에서 매우 개방적인 분이셨다. 나는 개방적이라는 말을 좋아하지 않았고 어머니도 마찬가지였다. 그녀는 단지 '자유롭다'고 생각하셨다.

나는 어머니와 내가 동경해마지않는 수많은 자유로운 사람들에 대해 이야기를 나누었다. 그래서 내가 자유를 얻게 되었는지는 잘 모르겠지만.

열다섯 살 때 초고층 호텔에 갔던 기억이 난다. 어머니와 나는 112층에 묵게 되었다. 내가 살면서 처음 밟아본 초고층 건물이었다. 나는 감탄을 연발했다. 마치 내가 하늘에 둥둥 떠 있는 것만 같았다. 그 이후 수많은 초고층 건물에 가보고, 살았던 기억들은 이미 희미해졌지만 그때 그곳의 아주 묘한 느낌만은 여전히 강렬하게 남아 있다.

종종 비행기를 탈 때면 처음 비행기를 타보는 사람이 하늘로 올라갔을 때 하늘에서 눈을 떼지 못할 거라는 생각을 한다.

그들이 아주 많이 즐기고 있다는 표시가 딱 난다. 이륙할 때와 11,000미터 상공에 진입했을 때, 착륙 시의 공포감 등 이 모든 것을 즐기고 있는 것이다. 그런 사람들의 열정과 두려움, 첫 경험들을 나도 충분히 느끼고 싶다. 물론, 내가 첫 감정들을 그대로 잘 빨아들이지 못하는 사람이란 것을 잘 알고는 있지만.

그날, 뉴욕에서 묵었던 호텔에는 더블 룸밖에 없었다. 그때 나는 고작 열다섯 살이었고, 당연히 어머니랑은 침대를 같이 쓰고 싶지 않았다. 어머니와 한 침대를 쓴다는 것이 너무 부끄러웠다. 그래서 나는 어머니께 사실대로 말씀드렸다. 어머니는 그런 내 마음을 잘 알고 있다는 듯 나를 물끄러미 바라보셨다. 한 10초 동안 한곳을 응시하면서 입을 실룩거리셨다. 그 모습에 나는 이미 겁을 먹고 있었다.

"내 옆에서 자기 싫다는 거니?"

어머니는 입을 삐쭉거리셨고 나는 침을 꿀꺽 삼켰다.

"엄마, 저도 이제 열다섯 살이 다 되어간다고요."

"내가 처음으로 너와 함께 자야 했던 때가 내 나이 열다섯 살이었단다. 그리고 입덧 때문에 구토를 그렇게 심하게 하고 네가 끊임없이 발길질했는데도 아홉 달을 꼬박 그렇게 했지. 네가 그렇게 원한다면 의자에 가서 자도 좋아. 우리에겐 자유가 있어. 우린 자유로운 사람들이며, 그러기로 했으니까."

어머니는 숨도 쉬지 않고 내게 말씀하셨다. 그러고는 여행할 때 듣는 재즈 음반을 틀고 담배를 피우셨다.

나는 그 순간 뭘 어떻게 해야 할지 몰랐다. 물론 어머니는 꼭 그래야 한다고 강요하거나 설득하려는 의도는 아니었을 것이다. 나는 침대 위에 있는 어머니 곁으로 갔다. 함께 음악을 들으며 그녀가 뿜어내는 담배 연기 냄새를 맡았다. 그 후로는 늘 내 자신이 특별한 청소년이라고 생각하게 되었다.

그 초고층 건물에서 어머니와 함께 잤던 첫날 밤에 들었던 노래가, 잠자기를 그만두기로 한 그날 밤 테라스에서 산타아나 광장을 바라보고 있을 때 들려왔다.

머리를 염색한 그 소년은 재즈풍의 노래를 불렀다. 이 음악을 들으니 마치 어머니가 내 곁에 있는 것만 같았다. 어쩌면 그게 뭔가 신호였을 수도 있는데, 그게 뭔지는 모르겠다. 다만 뭔가 임에는 틀림없는 그런 신호였다.

그녀는 계속해서 누군가를 기다리고 있었다. 그녀의 수줍으면서도 민첩해 보이는 얼굴이 내 정신을 쏙 빼놓았다. 물론 그녀는 내 존재를, 그리고 내가 그녀에게서 한순간도 눈을 떼지 못하고 있다는 걸 눈치채지 못했다. 나의 시선과 나의 존재, 그리고 조금씩이지만 주기적으로 뛰고 있는 심장까지 참으로 이상하게 느껴졌다.

그녀는 그렇게 광장 한복판에 서 있다가 아주 느릿한 걸음으로 자리를 떠나버렸다. 그녀는 에스파뇰 극장을 향해 걸어가고 있었다. 그리고 그 당시 공연하고 있던 아서 밀러의 명작인 〈세일즈맨의 죽음〉 포스터에서 눈을 떼지 못하고 있었다. 그녀는 주춤거리더니 갑자기 발걸음을 멈추고는 바로 극장 입구로 향했다.

나는 그 작품의 공연을 준비했던 적이 있다. 그녀는 누군가를 기다리고 있었지만 상대방은 오지 않았고, 공연이 시작하기 직전이라서 결단을 내렸던 것 같았다.

만일 누군가 당신을 새벽 3시에 우두커니 서 있게 둔다면, 게다가 당신이 연극 작품을 꼭 보고 싶다면, 당연히 결단을 내려야 할 것이다. 그 순간에는 그녀의 모습이 슬프다기보다는 오히려 자랑스럽게 느껴졌다.

그녀는 서둘러 극장 안으로 들어갔다. 창구 직원이 입장권을 어떻게 자르는지, 그리고 자리 안내인이 어떻게 "6열 15번 좌석입니다. 절 따라오세요"라고 속삭이는지가 들릴 정도로 그 안의 모습이 생생했다.

그녀가 내 눈앞에서 사라지자 그 순간 내 세상도 싹 사라진 것만 같았다. 그리고 뭘 해야 할지 하나도 생각이 나지 않았다.

나도 그 극장으로 따라 들어가고만 싶었다. 하지만 어머니는 그 누구의 마음도 상하게 해서는 안 된다고 늘 말씀하셨다. 아무도, 절대로.

에스파뇰 극장 소녀가 없어져서인지 다시 고통이 밀려왔다. 뭔가를 잃어버린 것만 같았다. 내가 갖지 못한 무언가를 그리워하는 것은 끔찍하고 무서운 일이다.

갑자기 울린 전화벨 소리가 나를 현실로 끌어당겼다. 벨 소리가 울릴 때 통화음 사이의 리듬이 크게, 그것도 오래 울리면, 뭔가 심각한 소식이라는 것을 잘 알고 있다. 마치 이 기계들에도 지능이 있어서 언제 나쁜 소식을 전해줘야 할지를 잘 알고 있는 것만 같다. 그리고 그런 소식이 우리에게 다가오고 있다는 것을 알리기 위해 자기만의 독특한 소리로 경고하고 싶어 한다고 믿어왔다.

나는 벨이 여섯 번 울리고 나서야 전화기를 들었다.

테라스를 떠나자니 내 운명을 버려두는 것만 같았다. 리놀륨 바닥 냄새는 순간 나를 일상으로 되돌아오게 만들었다. 거실에서 바깥 풍경을 바라보는 그 순간만은 이제까지 내가 살아왔던 순간을 잊게 해주었다.

"여보세요?"

나는 전화기를 들었을 때 자유롭고 편안하며 있는 그대로 숨김없이 내 자신을 드러내는 걸 좋아한다.

"마르코스, 지금 즉시 좀 와줘야겠어. 방금 믿을 수 없는 일이 벌어졌거든."

나의 상사는 아주 다급한 목소리로 말했다. 뭔가 아주 심각한 일이 일어난 것이 틀림없었다.

"무슨 일인데요?"

나는 깜짝 놀라 물었다.

"아직 그 소식 못 들었나?"

"아니요, 전혀……. 자고 있었어요."

"그럼 얼른 뉴스를 켜보게. 완전 놀랄 일이네. 방송엔 10분 전에 나왔어. 지금 빨리 오게. 자네가 필요해."

나의 상사는 이미 잠을 자지 않고 있었다. 그의 목소리는 새벽 3시는커녕 완전 새벽 시간도 아닐 때 나오는 소리임이 티가 났다. 잠을 자지 않는 사람들은 몇 시든 늘 아침 10시 같은 목소리를 가지고 있다. 자고 있었다고 말한 내 자신이 아주 멍청하게 느껴졌다.

나는 곧바로 텔레비전을 켰다. 지금 눈앞에 펼쳐진 장면이 내가 보게 될 것만은 아니길 바라면서.

그가 말했던 것처럼 아주 엄청난 일이 벌어졌다. 이 사실의 진위를 판단하기 위해 채널을 이리저리 돌려보았지만, 확실한 사실이었다.

주요 채널 뉴스 앞머리가 아주 인상적이었다. 달랑 이렇게 적혀 있었다.

최초의 외계인, 지구 착륙 확인.

뉴스 채널에 따라 머리기사의 표현이 조금씩 바뀌었지만 외계인이라는 단어는 빠지지 않았다.

하지만 사진은 단 한 장도 실리지 않았다. 단지 스튜디오에 있는 아나운서의 모습과 유명한 영화에서 뽑은 영상 자료만 나올 뿐이었다.

나는 그 자리에 풀썩 주저앉았다. 정확히 말하자면 소파에 푹 파묻혀 있었다. 나는 몇 분간 넋을 잃고 그 기사들을 멍하니 쳐다보았다. 그렇게 똑같은 뉴스에 덧붙여지는, 새로운 내용 하나 없이도 잘 굴러가는 서커스를 관람하고 있었다.

그 이상의 정보나 사진도 없었고 그것들을 확인할 만한 사람도 없었다. 내 눈을 사로잡을 만한 것은 정말 하나도 없었다.

거의 10분 정도 여기저기 뉴스를 돌려 보다가 텔레비전을 껐다. 모든 사람이 나처럼 지금 보도된 정보 이상은 얻을 수 없을 거라는 것을 잘 알고 있으면서도 그 어리벙벙한 기사를 찾아보느라 하루를 다 보냈을 것이다.

분명 이 뉴스가 시청률 기록을 세울 것이다.

나의 할머니는 인간이 달에 착륙한 것을 텔레비전을 통해 간접경험 하셨다고 했다. 나는 어머니가 이를 뽑고 울음을 그치지 못하셨던 때가 늘 생각난다. 게다가 이를 뽑은 다음 날은 마치 태양이 온 힘을 다해 그 아픈 순간을 저항하고 있는 것처럼 엄청나게 더웠다.

누군가는 엄청나게 더운 여름이 또 찾아오면 그때가 외계인이 처음 지구에 오게 될 날이라고 했다. 나는 입안에 문제가 있어 고래고래 소리 지르는 어린이들을 찾으려고 거리 쪽으로 귀를 기울였다. 하지만 부드럽게 짖는 강아지 부부 소리만 들릴 뿐이었다.

나는 바로 옷을 갈아입기로 했다. 그는 내가 사무실에 도착하길 매우 간절히 바라고 있었다. 나는 그걸 바로 알아챘다. 내가 전화를 받았을 때 그는 아주 불안해 보였다. 하지만 동시에 깜짝 놀랄 만한 특별한 느낌도 안겨주었다.

나는 어두운색 옷을 골랐다. 그리고 1.5리터 우유 한 병을 병째 마셨다. 생각할 시간이 필요해서 계단으로 천천히 걸어 내려왔다. 왜 그렇게 했는지는 나도 잘 모르지만, 간단한 운동이 내게는 엄청난 도움이 되었다. 설거지를 하거나 자전거를 타거나 계단을 내려가는 것처럼 일상적인 일들은 내 생각과 상상력을 더욱더 확고하게 해주었다.

그 순간 산타아나 광장에 있던 사람들도 그 소식을 듣기 시작했다는 것이 감지되었다. 입에서 입으로, 속삭임에서 속삭임으로, 마치 독성 없는 공기가 뉴스를 실어 나르는 것 같았다. 그리고 식당이나 카페테라스에 있었던 모든 사람들에게 전해지는 것 같았다.

그곳에 있던 사람들은 그 소식을 웨이터들에게 전했고, 그들은 고객들과 거리를 지나가는 사람들에게 바로 전달했다. 사람들은 한두 명씩 테이블 위에 맥주잔을 남겨두고 마치 최면에 걸린 사람처럼 텔레비전 주위로 한꺼번에 우르르 몰려들었다. 모든 사람의 삶을 바꾸어버린 이 당황스러운 사건 때문에 일상생활이나 대규모 모임들이 중단되었다.

나는 택시를 잡으러 갔다. 손을 들어 빈 택시를 잡으려던 바로 그 순간에…… 얼음이 되었다. 에스파뇰 극장, 바로 이런 놀라운 소식에 별로 신경 쓰지 않는 그곳이 내 눈길을 끌었기 때문이다.

이어서 그런 생각이 들었다. 그녀는 과연 지금 무슨 일이 벌어졌는지 알고나 있을까? 극장 안으로 들어갔을 때 안내인이 자리를 안내해주면서 이 소식을 전해주었을까? 아니면, 〈세일즈맨의 죽음〉을 보느라 전혀 몰랐을까? 나는 바로 그 순간 윌리로먼(이 연극의 주인공인 늙은 외판원으로 최후에 자살함—옮긴이) 이 아내에게 자동차 때문에 언쟁했던 것을 설명해주거나, 아니 면, 맏아들인 비프, 그 불쌍한 비프를 비난하고 있을 때쯤이라 는 생각이 들었다.

나는 그 극장의 석조 벽면 쪽으로 다가갔다. 그곳은 마치 벙 커 같았다. 모든 문이 잠겨 있었다. 나는 출연진과 상영 시간이 조그맣게 적혀 있는 포스터 쪽으로 다가갔다. 늘 극장 상연 시 간이 불분명했는데 웬일인지 여기에는 시간이 적혀 있었다.

약 120분 상연.

그녀가 적어도 두 시간 동안은 또 다른 별에서 온, 우리가 알 고 있었던 것처럼 우리의 삶을 위협할 그 여행자가 왔다는 걸 전혀 알지 못한 채 〈세일즈맨의 죽음〉에만 빠져 있을 거란 생각 이 들었다.

"탈 거요, 말 거요?"

택시 기사는 내가 손을 감추자 눈치를 채고는 한심스럽다는 듯 나를 바라보았다. 곁눈질로 나는 미터기가 벌써 올라가고 있 다는 것을 확인했다. 내가 택시 기사들을 좋아한 적은 정말이지 단 한 번도 없다. 난 그들을 믿지 않는다. 어머니는 택시는 아주 많이 타야 하기 때문에 선택의 여지가 없다고 하셨다. "택시는 내 가족과도 같단다. 너를 가지고 놀 테지만 좋아해야만 하는 삼촌이나 장모와 같은 거지"라고.

"안 탈 거면 손도 들지 마쇼."

나는 그 택시는 타고 싶지 않았다. 그 광장에는 늘 빈 택시가 넘쳐났는데 그 순간 잡을 만한 택시가 없어 보였다. 그리고 또다시 택시를 잡는 모험을 하고 싶지는 않았다.

나는 극장 쪽으로 귀를 기울이며 천천히 택시에 올랐다. 그 소리는 알아챌 수 없을 정도로 미세했지만 강렬한 힘이 있었다. 모든 극장 근처에서 들렸던 소리이다. 이 소리는 연극 공연 중에 들리는 관중들의 숨소리와 무대장치의 미세한 움직임 속에 들어 있는 아주 희미한 소리들이다.

이것은 내 유년 시절의 소리이기도 하다. 나는 수백 개의 국가의 수많은 극장에서 자랐다. 어머니는 극장과 함께 살아가는 여자였다. 만일 내가 이렇게 말했다는 걸 아신다면 어머니는 나를 잡아먹으려 하실 것이다. 왜냐하면 그녀는 늘 자신을 춤의 여자라고 표현했으니까.

"자, 어디로 모실까요?"

"작은 탑 방향이요. E구역으로 가주세요."

"정말요?"

나는 이 택시 기사의 심장이 미터기 속도로 뛰고 있다는 걸 눈치챘다. 그의 모든 것이 동요했다. 돈을 벌게 될 거라는 생각에 극도로 흥분한 것 같았다. 작은 탑 방향은 요금이 많이 나오는 곳이라 택시 기사들이 아주 좋아하는 목적지였다.

"네, 그곳으로 가주세요. 그리고 에어컨을 꺼주신다면 창문을 좀 내리겠습니다."

그는 대꾸도 없이 바로 에어컨을 껐다. 그러고는 택시 시동을 걸었다. 나는 광장과 내 마음을 들끓게 한 소녀를 남겨두고 그 자리를 떠났다.

택시 기사가 내가 지금 말하고 싶지 않아 한다는 것을 눈치채라고 피곤한 척 눈을 감았다. 처음 5분간의 행동은 택시를 탄 사람이 결정하는 법이다. 그가 백미러로 나를 쳐다보는 것이 느껴졌다. 얼마 지나고 나서 그는 라디오를 켰다. 나를 잊은 것 같았다.

나는 몇 분 후 온 세상을 매료시킨 이 외계인과 '얼굴을 서로 맞댈' 장면을 상상하며 계속 눈을 감고 있었다.

6.

식도에서 나오는 춤

택시가 광장 밖을 나와 조금씩 거리를 지나자 나는 서서히 눈을 뜨기 시작했다. 어머니의 죽음을 알고 난 후 나의 첫 외출이었다. 물론 같은 건물 내에 있는 은행에 갔던 건 외출로 치지 않았다.

거리에는 모든 것이 그대로였다. 사람들은 딱히 어떤 목적도 없이 걷고 있었고 자동차들은 불안하게 거리를 맴돌고 있었다. 밤은 전과 다름없이 계속 차분하게 숨어 있었다.

과연 누가 죽으면 세상이 완전히 마비되고 우리의 일상적인 습관들도 깨지게 될까? 모든 것을 뼛속 깊이 달라지게 만들 수 있을 정도로 중요한 사람은 과연 누구일까?

나는 그 택시 안에서 일요일 새벽 4시의 엄청난 교통 체증을

교묘히 피해가면서 어머니와 함께했던 시간들을 하나씩 되짚어 보았다.

어머니는 늘 내가 창조적인 사람이 되길 바라셨다. 단 한 번도 그 단어를 직접 사용하신 적은 없었지만 어머니의 생각이 어떤지 정도는 알고 있었다.

처음에는 어머니가 내게 직접 춤을 가르쳐주셨다. 나는 발레리노나 발레리나 들의 몸짓을 살펴보는 것이 늘 좋았다. 어머니는 무용수들에게 아주 엄격하셨는데, 절대 그들을 자식이나 친구로 생각하지 않으셨다. 어머니에게 그들은 그저 어머니가 원하는 것을 이루기 위한 도구일 뿐이었던 것 같다. 입에 맛있는 음식을 넣기 위한 칼과 포크 같은 존재들 말이다.

어머니의 춤을 어떻게 설명할 수 있을까……. 그것은 뭔가 색다른 삶과 빛이 가득한 몸동작이었다. 어머니는 고전적인 것에서 벗어나는 모든 것을 증오하셨다. 발레를 할 때도, 그리고 자신의 삶에서도 예외는 없었다.

"어머니, 춤이란 뭔가요?"

영하 5도를 넘지 않는 어느 추운 겨울, 폴란드 서부 도시인 포즈난에서 어머니께 질문했다.

"마르코스, 혹시 내 이야기를 들어줄 시간은 있니?"

어머니는 서먹해하며 내 질문을 받으셨다.

어머니는 열네 살이라는 내 나이가 이런 질문에 대한 대답을 듣기에는 너무 어리다고 생각하시는 눈치였다. 어머니께 상담할 때마다 어머니는 늘 어른만이 이런 유의 적절한 대답을 들을 자격이 있다고 생각하셨는데, 그런 어머니의 생각을 눈치챌 때마다 너무 싫었다. 정말이지 넌더리가 났다. 이럴 때면 꼭 내가 이리저리 산만하게 내게 관심 있는 것만 질문해대는 어린아이가 된 것만 같았다.

"물론이죠."

나는 화를 내며 대꾸했다.

"춤이란 우리 식도의 느낌을 표현하는 방법이란다."

어머니는 내 질문에 이렇게 결론을 내리셨다.

아마 당신도 내가 아무것도 이해하지 못했다고 생각할 수도 있을 것이다. 그렇다면 당신에게 이전에 있었던 일을 말해줘야 할 것 같다.

어머니는 심장이라는 것이 본래보다 더 과대평가된 기관이라고 믿고 계셨다. 사람들은 사랑과 열정, 고통이 이 작고 빨간 집약체에만 들어 있다고 생각했다. 하지만 어머니는 이런 생각들을 아주 못마땅해하셨다.

어머니가 언제부터 그런 생각을 하게 되셨는지는 나도 잘 모르겠다. 아마도 내가 세상에 태어나기도 전인 것 같다. 어머니는 식도가 예술적인 생명력을 가지고 있는 기관이라고 생각을 굳히신 것 같다. 어머니 말에 따르면 춤이 바로 그 생명력을 구체화하는 방법인 것이다. 그림은 그 생명력을 색채로 드러내는 것이고, 영화는 움직임으로, 연극에서는 대사로 드러낸다.

"M-30 쪽으로 갈까요? 아니면, M-40 쪽으로?"

택시 기사는 세상에서 가장 뻔한 질문 중 하나를 던지면서 나를 현실로 되돌아오게 만들었다.

"기사님이 알아서 하시죠."

나는 바로 대답했다. 그리고 그는 그의 세상으로, 나는 내 세상으로 되돌아갔다.

열여섯 살이 되던 무렵 나는 그림을 그리기로 했다.

나는 춤을 그만두었다. 왜냐하면, 그것은 그녀의 세상, 그러니까 어머니의 세상이었으니까. 내가 결코 뭔가 대단한 사람이 될 수 없다는 것도, 그리고 어머니의 재능 중 단 한 부분도 물려받은 게 없다는 걸 잘 알고 있었다. 험프리 보가트나 엘리자베스 테일러의 자녀들은 열심히 하면 그들의 부모를 따라잡을 수 있다고 생각했을까?

나는 삶에 대한 그림을 그리고 싶었다. 내가 생각하는 개념들에 대한 3부작 시리즈를 그리고 싶었다. 그림으로 내 생각들을 구체화하고 싶었다. 세 개의 화폭에 삶을 담아보는 것이다.

이건 그냥 즉흥적으로 떠오른 생각이 아니었다. 언젠가 피카소의 그림 중 〈삶La Vie〉을 보고 나서 그래야겠다는 결심을 하게 되었다. 그는 내가 가장 좋아하는 예술가이다. 나는 클리블랜드에서 그의 그림을 보았다. 어머니는 이 도시에서 그녀 인생에서 최고로 개혁적인 대작을 초연했고 나는 그곳 미술관에서 피카소의 놀라운 작품을 세 시간 동안이나 감상했다. 그 외 다른 그림들은 쳐다보지도 않았다. 내 나이 열여섯 살에, 파란색의 거장인 그의 작품에 완전히 푹 빠져들게 된 것이다.

그가 그린 〈삶〉이라는 작품은 무엇을 다룬 것일까? 분명 사랑에 대한 작품일 것이다.

어머니는 늘 가장 높은 예술적 단계는 사랑에 대해서 이야기하는 것이라고 하셨다. 전설 속의 영화들은 텔레비전에서 재방송되었고, 불후의 명작들은 한 번쯤은 다시금 극장에서 상영되었다. 심지어는 웅장한 서사를 다룬 책들조차 수십 년에 걸쳐 다시 읽히고 있다. 그리고 이 모든 것의 중심에는 사랑이 있거나, 아니면 사랑을 잃어버린 이야기가 들어 있다.

특히, 피카소의 〈삶〉에는 네 무리의 사람들이 나온다. 사랑하는 연인, 사랑을 원하는 또 다른 여자, 사랑하는 사람을 잃은 소년, 이미 사랑을 얻어서 행복한 사람. 각 사람들의 모습은 우리의 삶의 단계, 우리가 경험하고 느끼는 바로 그 순간들을 상징

하고 있다고 생각한다.

그 그림에 비추어 내 삶을 보니, 난 그림 속에 혼자 있는 소년 같다는 생각이 들었다. 사랑하는 사람을 잃고 사랑을 원하지 않는 그 소년 말이다. 외로운 사랑은 끊임없이 사랑을 하게 만든다. 이런 사랑은 사랑하는 한 쌍의 연인과 사랑을 원하는 여인, 사랑을 잃고도 괜찮아하는 사람들이 하는 사랑과는 완전히 다르다.

과연 내 앞에 있는 이 택시 기사는 눈 깜짝할 사이에 사랑에 빠질 수 있을까 하는 의문이 들었다. 혹여 그렇다면 그 순간이 누군가와 조용히 있을 때인지, 누군가와 섹스를 한 밤인지, 누군가와 즐겁게 보냈을 때인지가 궁금했다.

물론 내가 부끄러워하지 않고 뻔뻔하게 이런 질문을 할 수 있으면 좋겠지만……. 이 그림을 장시간 바라만 보아도 그런 질문들에 술술 답변을 하게 되는 것처럼, 거침없이 물어볼 수 있다면 말이다.

어머니는 내가 클리블랜드 공연에 오지 않았다고 해서 나를 혼내는 법은 없으셨다. 나는 어머니께 피카소 그림을 본 것과, 삶에 대한 3부작을 그리겠다는 결심을 말씀드렸다.

어머니는 주의 깊게 내 말을 들으시더니 한 10분 정도 생각하셨다(어머니는 단 한 번도 중요한 질문에 재빨리 대답한 적이 없으셨다. 나는 모든 사람이 어머니처럼만 한다면 이 세상은 훨씬 더 좋아질 거라 생각한다). 그러고는 내게 말씀하셨다.

"삶에 대한 3부작을 그리고 싶다면, 우선 유년 시절과 섹스, 죽음에 대해서 그려보렴. 이것에 삶의 세 가지 요소니까."

그렇게 말씀하시고는 공연 후에 반드시 즐기는 목욕을 하러 자리를 뜨셨다.

어머니는 물속에 있는 걸 좋아하셨다. 어머니는 새로운 생각과 창조적인 일은 무엇으로 둘러싸여 있는가에 따라 달라진다고 하셨다.

사람들은 우리가 숨 쉬는 공기가 뭔가를 창조하기 위한 이상적인 전도체라고 여기는 것 같다. 하지만 이건 완전히 틀린 생각이다. 물이 될 수도 있다. 많은 발명가들은 자신의 몸이 완전히 물에 잠겼을 때 가장 좋은 생각이 떠오른다고 했다. 물론, 콘서트장에서 음악이 뒤섞여 있는 산소를 마실 때 그럴 수도 있다. 또는 완벽한 아이디어를 찾는 동안 똑같은 노래를 반복해 들으면 영감이 떠오를 수도 있다. 아니면, 가끔씩 굴뚝에서 나무 타는 냄새가 날 때 아이디어가 떠오를 수도 있다.

어머니는 살면서 늘 창조를 위한 최적의 환경과 조건을 찾아다니셨다. 어느 날 어머니가 비행기에서 이런 말씀을 하시기 전까지는, 어머니가 공연 후 하는 목욕이 창조를 위한 가장 최적의 조건이라고 생각했다.

"내 창조의 냄새는 내 옆에 있는 너의 호흡과 섞여 있단다."

그러면서 그녀는 깊은 호흡을 내쉬었고 나에게도 역시 그렇게 하라고 하셨다. 우리는 두세 번 숨을 들이마시고 내쉬었다.

"자, 곧 영감이 밀려올 거야."

어머니는 싱글벙글하며 말씀하셨다.

나는 기분이 좋아지긴 했지만, 한편 부끄럽기도 했다.

그런 대화를 하고 나서 우리는 비행기에 있는 내내 한 마디도 나누지 않았다. 숨도 쉬지 않으려고 노력했지만 몬트리올에서 바르셀로나까지는 여덟 시간이라는 긴 여행길이었기에 어쩔 도리가 없었다.

가끔은 누군가 아주 아름다운 것을 말해도 받아들이기 힘들 때가 있다.

택시 기사는 라디오 채널을 바꾸었다. 음악이 사라지고 다시 외계인에 대한 뉴스가 울려 퍼졌다. 그 소식을 처음 들은 것 같은 택시 기사는 마치 실제 보도된 소식보다 더 많은 정보를 얻으려는 것처럼 볼륨을 최대로 올렸다.

"여기서 말하는 소리 들으셨어요?"

그는 매우 놀라며 내게 물었다.

"네."

"이게 사실이라고 믿으세요?"

그는 라디오 채널을 이리저리 돌렸다.

"제길, 완전 충격적이네요, 안 그래요? 지구에 외계인이 나타났다니, 아니면 언론에서 날조한 걸지도 모르겠네요."

"아니요, 지어낼 수는 없을 거예요."

더 이상 뭐라고 대답해야 할지 몰라서 나는 같은 말을 반복했다.

대화는 또다시 중단되었다. 택시 기사는 액셀러레이터를 밟았다. 아마도 나의 무관심에 화가 난 것 같았다. 만일 16분 이내에 내가 그 외계인과 함께 있을 거라는 것을 알았더라면 이 대화 안 통하는 승객에게 아주 지대한 관심을 가졌을 텐데 말이다.

나는 3부작 그림에 대한 어머니의 충고를 받아들이기로 했다. 나는 열여섯 살이 되던 해에 유년기에 대해서, 그리고 스물세 살이 되었을 때 죽음에 관한 그림을 그렸다. 하지만 남은 섹스에 대한 그림은 손도 대지 못했다.

당신이 나였더라도 스스로 가장 잘하는 자신만의 깊숙한 영역에 대해 그리는 것은 언감생심 꿈도 못 꿀 것이다.

내가 아주 어렸을 때 어머니는 섹스에 관한 이야기를 수도 없이 해주셨다. 그래서 그것에 관련된 모든 것에 별로 거부감이 없었다. 그렇다고 섹스를 안 하는 것은 아니지만, 어떻게 색색의 팔레트 위에서 그것과 씨름해야 할지는 생각이 나지 않았다.

오히려 죽음은 그리기가 쉬웠다. 죽음과 접촉하는 일이 몹시 어렵긴 했지만 말이다. 나는 사형 집행이 있었던 미국의 감옥들을 수백 곳도 더 방문했다. 나의 어머니를 매우 사랑했던 한 감옥 교도관의 도움으로 죽음을 앞둔 죄수들과 우정을 나눌 수 있었다. 그리고 사형 집행 날짜가 얼마 남지 않은 죄수들에게 기다리는 동안 느껴지는 죽음에 대해 물어보았다.

차차 시간이 지나면서 그들은 조금씩 죽음에 관한 이야기를 털어놓았고 나는 그 이야기를 주의 깊게 들었다. 하지만 그들이 말해준 것 중에서 내가 그릴 만한 것을 찾는 데는 수개월이 걸렸다. 사형수와 불치병 환자들이 죽음에 대한 명쾌한 해답을 줄 수 있는 유일한 대상이 아니었던 것일까? 그들은 죽음을 기다리고 있고, 그것에 대해서 알고 있으며, 오래전부터 그것을 희미하게나마 관찰하고 있었다. 나는 그들에게 남은 삶의 유효 기간만이라도 그들과 좋은 친구가 될 수 있을 거라 생각했다.

나는 환자들보다는 죄수들이 더 좋았다. 왜냐하면 어떤 면에서는 환자들이 겪는 고통이 생각하는 것보다 강렬하지 않을 수도 있기 때문이다. 또한, 죄수들과 함께하면 그림으로 표현할 수 없는 또 다른 힘든 감정들을 섞지 않고 죽음이란 것을 좀 더 명확하게 정의할 수 있기 때문이다.

내가 알게 된 사형을 앞둔 죄수들은 이들을 살려달라고 선처를 구하고 싶을 만큼 결백하고 순수해 보였다. 이처럼 모든 인간을 아주 약하고 순수하며 천진난만하게 보이게 하는 이 죽음의 정체가 과연 무엇인지는 아직도 모르겠다.

유죄 선고를 받은 이들은 나에게 수많은 이야기를 해주었다. 아주 어두침침한 이야기부터 온갖 빛이 가득한 것들까지…….

그리고 거기서 나는 한 사람을 알게 되었다……. 그의 이름은 다비드였다. 그는 자신의 두 여자 형제를 강간하고 살해한 혐의로 사형 집행을 앞두고 있었다. 그도 모든 감옥에서 지키고 있는 이상한 의식인 마지막 식사를 요청했다. 참 비합리적인 친절이다.

그는 거창한 음식을 요청하지 않았다. 그저 견과류가 섞인 아이스크림이 먹고 싶다고 했다. 하지만 그들이 말로는 표현할 수 없는 파란색 쟁반에 아이스크림을 가지고 갔을 때, 나는 그의 죽음을 목격했다. 그래서 나는 그의 마지막 소망만을 그려야 했다.

나는 붓을 여러 개 이용해서 그 장면을 그렸다. 그것은 가장 현실주의적인 그림이 되었다. 아이스크림의 흰색과 땅콩의 누런색, 그리고 쟁반의 파란색이 섞인 그림이었다.

다비드는 죽었다. 나는 그와 마지막을 함께하지 못했다는 것을 참을 수가 없었다. 그제야 내가 그를 좋아하게 되었는데 말이다.

어머니는 그 그림에서 죽음이 엿보인다고 하셨다.

나는 그 그림을 다시 바라볼 수 없어서 오랜 친구에게 선물해버렸다. 그리고 그 이후로 다시는 땅콩이 들어간 아이스크림을 먹지 않았다. 그것을 먹으면 그의 죽음이 내 몸에서 그것을 밀어내 토하게 할 것만 같았다.

유년 시절은 좀 더 그리기 쉬웠다. 어머니가 늘 그 시절이 우리 삶에서 가장 행복한 순간이었다고 하셨던 거짓말이 떠오른다. 그리고 우리가 가장 많이 울었던 때도 그 시절이라고 하셨다. 또한, 어머니는 나의 유년 시절 초기에 아주 구슬피 울었다고 하셨다. 유년 시절은 몇 킬로그램의 행복과 몇 톤의 슬픔이 섞인 것과 같다고 하셨다. 우리 삶의 양극단이 있었던 멋진 시절이었다.

이 그림은 어머니의 그 말에서 영감을 얻었다. 나는 어린 자녀들에게 장난감 선물을 주었다가 1, 2분 후에 다시 강제로 뺏는 장면을 그렸다.

엄청난 눈물과 아주 극적인 흐느낌, 그리고 아직 얼굴에 남아 있는 미소……. 실로 엄청난 행복이 가미된 그림이었다. 장난감을 가졌다가 잃어버리면 이런 양쪽 반응이 일어난다.

나는 정말 헷갈리는 이 그림을 잘 마무리했다. 거대한 슬픔과 행복, 순수한 유년기. 어머니는 나를 많이 자랑스러워하셨다. 나를 꽉 안아주셨고, 나는 우리 둘의 식도가 하나가 된 듯한 느낌을 받았다. 계속해서 어머니는 내게 속삭이셨다.

"섹스. 이제 섹스에 대해서 그릴 차례지, 마르코스. 한번 그려 보렴."

섹스. 나는 한 번도 그것을 그리려고 시도하지 않았다. 어머니는 절대 그 그림을 포기하지 않으실 것 같았다. 나는 슬슬 그림 그리는 것을 피하기 시작했다. 이미 내 인생의 3부작 그림을 끝내겠노라고 말씀드렸지만 그러고는 그만 13년이 흘렀다. 나는 그 그림에 대한 모든 기억을 잊고 살았다.

몇 시간 후면 어머니의 시체는 옮겨질 거고, 그러면 수년 전에 핀란드로 가는 배를 탔을 때 내게 말씀하셨던 그 예감이 맞아떨어지게 될 것이다.

"언젠가 너는 내 눈에서 생명력을 보지 못하게 될 거고, 네가 말한 삶에 대한 3부작도 그리지 못하게 될 거야."

내가 열네 살에 어머니께 어른스러운 질문을 했을 때 어머니는 당신의 대답에 내가 별로 관심을 갖지 않을 거란 걸 미리 알고 계셨던 것처럼, 어머니의 이 말이 곧 사실이 될 거라는 것이 너무 싫었다.

나는 어머니가 내게 연극 말투로 말씀하시는 게 정말 싫었다.

그리고 무엇보다도 나는 생명력이 없는 눈이 존재한다는 것 자체가 몹시 싫었다.

드디어 택시가 목적지에 도착했다.

나는 정해진 요금만 내고 팁을 일절 주지 않았다. 정문에는 내 조수인 다니가 나를 기다리고 있었다. 다니는 빛나는 피부를 갖고 있었다. 어떻게 하면 그런 피부를 가질 수 있는지 그 비결은 알 수 없었지만, 그가 늘 상쾌함을 들이마시고 있음에는 틀림이 없다.

나는 그가 나에게 엄청난 존경심을 품고 있고 활짝 핀 미소를 안겨주려 한다는 것을 알고 있었다. 그는 열두, 열세 편의 미소가 걸려 있는 갤러리 그 자체였다. 비록 그날 그의 그런 피부는 온데간데없이 숨어버렸고 미소 대신 걱정으로 오만상을 찌푸리고 있었지만 말이다.

그는 걱정이 그득한 초록색 눈으로 나를 바라보았다.

나는 택시에서 내렸다. 택시 기사는 내가 문을 닫자마자 바로 떠나버렸다. 조금 이따가 다니는 나를 안내했다. 아마도 내가 팁을 주지 않아서 택시 기사가 욕을 했던 것 같다.

"안에 계십니다."

그는 택시가 떠나자마자 내게 말했다.

"어떤지는 모르겠지만 수사관님이 당장 봐주길 바라고 있어요. 전 세계가 걱정에 휩싸였으니까요."

"그래, 초록색 생물체에 아주 작은 안테나가 돋아 있나? 눈은 엄청나게 크고 시커멀 테지? 농담일세."

"아뇨."

그는 웃음기를 쫙 빼고 대답했다.

우리는 두 번째 차에 올라타 사무실로 향했다. 나는 전혀 불안하지 않았다. 단지 어머니의 관이 도착하기 전에, 그래서 그녀의 생명력이 사라진 눈을 보기 전에 섹스에 대한 그림을 끝내야 한다는 생각뿐이었다.

아직 실제로 그 모습을 보지는 못했기에 나는 내 3부작을 끝낼 수도 있을 것 같다는 생각이 들었다.

이런 내가 바보처럼 보인다는 건 알고 있다. 처음으로 지구에 온 이 외계 생명체에 대해 알아보고도 싶었지만 정작 내 머릿속에는 온통 섹스에 대한 기묘한 그림을 그려야 한다는 생각뿐이었다.

7.

초능력이 나를
찾아온 건지,
내가 그것을
발견했는지

나는 건물 입구에서 본관까지 들어가는 길이 짧은 곳을 좋아한다. 내 운전기사는 젊은 감각을 지닌 페루 출신의 일흔 살 노인이다. 그는 내가 차에 올라탈 때마다 크랜베리스 시디를 틀어놓았다. 그리고 나를 볼 때마다 두 개의 금니를 드러내며 활짝 웃었다.

언젠가 그가 아버지에게서 물려받은 것들에 대해서 말해준 적이 있다. 그는 아버지가 돌아가셨을 때 건강한 치아 두 개를 뽑아서 보관해두었다가 그것들을 자신의 잇몸에 심었다고 했다.

"그러니까 아버지는 바로 내 안에 계신 거죠."

그날 그는 아버지의 금니를 백미러로 보여주며 활짝 웃었다.

"분명 아버지는 당신을 자랑스러워하실 거예요."

나는 맞장구를 쳤다.

"꼭 그렇지는 않을 거예요."

그는 말을 덧붙였다.

"이건 우리 아버지가 가진 치아 중에 유일하게 빛나는 거였어요. 나머지는 빛나기는커녕 보기에도 별로였거든요."

그날 이후로 그는 한 번도 그 치아에 대해 말을 꺼낸 적이 없다. 하지만, 그가 웃을 때면 그 금니는 늘 그와 하나가 된 것만 같았다.

나는 아주 쉽게 친밀감을 느끼게 하는 사람이 좋다. 상대방에게 친밀감을 주는 방법을 잘 모르는 사람들에게 가장 간단한 방법을 한 가지 알려주고 싶다. 이건 마이크로소프트의 숨겨진 코드 같은 거다. 그리고 그 출처는 창조자만이 안다.

내가 좋아하는 중국 속담 중에는 "어떻게 웃는지 모르면 가게를 열지 마라"라는 말이 있다. 그렇게 치면 내 운전기사는 아마도 수백 개의 엄청나게 큰 상점을 열고도 남았을 것이다.

다니는 계속해서 아주 초조해 보였다. 그의 피부는 생기를 잃었다. 그가 운전기사에게 신호를 보내자 그의 미소는 우리 사이를 가로막고 있던 검은 유리창 뒤, 크랜베리스의 음악이 흘러나오는 그곳으로 사라져버렸다.

"자, 말해보게. 뉴스에서 떠들고 있는 게 사실인가?"

나는 그의 불안을 눈치채고 선수를 치기로 했다.

"네, 저희가 데리고 있습니다. 모두가 수사관님께서 그자와 이야기를 좀 나누어보셨으면 하고 있습니다. 가지고 계신 초능력을 이용해서 사람들이 말하는 그 존재의 정체가 무엇인지 확인해주시길 바라세요."

다니는 여느 때처럼 자신의 입에서 "초능력"이라는 말이 나올 때 아주 이상하게 들리지 않게 하려고 애쓰며 대답했다.

나는 잠시 생각에 잠겼다. 그와 있을 때 내 초능력이 발휘될지는 정확히 모르겠다. 그저 그 초능력이 한 번도 나를 외면하지 않았기에 이번에도 발휘되길 바랄 뿐이다. 뭐, 그렇다고 나랑 늘 함께 있었던 것도 아니긴 하지만.

다니는 거의 30분 동안 흐르던 내 침묵을 존중해주었다. 하지만 바로 이어서 내 생각을 방해하기 시작했다.

"참, 벌써 잠은 포기하신 건가요?"

이건 내가 바란 질문은 아니었다. 대화의 주제가 완전히 뒤바뀌길 바랐던 것은 아니니까. 그저 긴장을 좀 덜어버리고 싶었을 뿐이다. 나는 늘 가지고 다니는 가방에서 주사기 두 개를 꺼내서 보여주었다. 그는 마치 1929년에 시작한 세계 대공황 시기에 작은 빵 조각을 대하듯 그것을 간절한 눈으로 바라보았다. 그는 그 주사기를 단 한 번도 가까이에서 본 적이 없었던 것 같았다.

"이거 진짜예요?"

그는 안고 있던 고양이를 부드럽게 쓰다듬으며 물어보았다.

"진짜가 아닌데 그런 척하는 건 쉽지 않다네."

"근데 왜 주사를 안 맞으셨어요?"

그는 자신의 팔뚝에 주사기를 대보며 물었다.

"글쎄, 타이밍이 안 맞았다고나 할까."

"그럼, 이 다른 하나는 누가 맞을 건가요?"

그가 자신도 모르게 충동적으로 주사를 맞으려 하기 바로 직전에 내게 돌려주며 물었다.

아차, 만약 당신이 이 약을 사게 되면 또 하나를 덤으로 받을 거라는 말을 하지 않았던 것 같다. 이건 잠 안 자게 해주는 주사기를 판매할 때 한 개 값에 두 개를 주는 세일이 있어서가 아니라 생산공정 때문에 그렇다. 어차피 주사기 한 개를 만드나 두 개를 만드나 똑같은 양의 성분이 들어간다. 그래서 당신이 살 때도 하나를 더 줄 것이다.

실은 판매자들의 생각을 고쳐보려고도 했었다. 덤에는 별로 관심이 없으니 차라리 가격이나 낮춰달라고 요구했다. 하지만 그들은 눈도 깜짝하지 않았다. 사실 나는 다니가 내게 물어본 나머지 하나의 주인이 누구인지에 대해서는 전혀 생각해본 적이 없었다. 그것을 누구에게 줘야 할지 생각이 나지 않았다.

"혹시 자네가 갖고 싶은 건가?"

내가 물었다.

나는 그가 잠을 안 자고 싶어 한다는 걸 진작 알고 있었다. 나에게 그 이야기를 수백 번도 더 하긴 했지만, 그는 주머니 사정상 살 수 없었다.

"제가 무슨 돈이 있겠어요."

그는 아첨을 떨 때처럼 얼굴을 붉히며 대답했다.

"판다는 게 아닐세, 다니. 그냥 선물로 준다는 거지."

"무슨 말씀을요. 아니에요. 저는 그만한 걸 살 돈이 없어요. 죄송해요."

그때 바로 검은 유리가 내려졌다.

"국장님께서 저기 정문에서 수사관님을 기다리고 계십니다. 그 낯선 자를 만나시기 전에 먼저 이야기를 나누고 싶어 하십니다."

유리가 완전히 걷히자 그의 입에서는 "낯선 자"라는 말이 튀어나왔다. 그와는 이런 중요 사안들을 나눈 사이가 아니라서 이 사안에 대한 질문을 하면 안 된다는 것을 알고 있었지만, 어쩔 도리가 없었다.

"국장님이 그자를 '낯선 자'라고 부르던가?"

다니는 대답을 주저하면서 페루 기사를 바라보더니 이어서 나에게 눈길을 주었다. 그 순간 그는 이 정보의 누출 위험을 최소화해야 할지, 아니면 이 정보가 아무런 가치가 없는 척해야 할지 빨리 결단을 내려야 했다.

"네, 그러기로 하셨다고 합니다. 그 낯선 자가 어디에서 왔는지 밝혀지기 전까지는 그렇게 하기로 하셨습니다."

그는 자동차 브레이크를 밟았다. 드디어 우리는 건물 본관에 도착했다. 자동차 옆에 서 있는 상사의 신발이 눈에 들어왔다.

나는 다니가 문을 열어주길 기다리고 있었지만 그는 열어주지 않았다. 그는 마치 뭔가 내게 더 할 말이 있는 사람처럼 꼼짝도 안 하고 자리를 지키고 있었다. 나는 그에게 문을 열라고 눈짓을 보냈다. 하지만 그는 더 시간을 끌었고 상사의 신발은 기다리다 지쳐서 점점 더 초조한 소리를 냈다. 마치 탭댄스를 추고 있는 것 같았다.

"주사기를 주신다니 감사합니다."

결국 그는 얼굴을 붉히며 말을 꺼냈다.

"제가 살면서 가장 간절히 원하는 것이 잠을 안 자는 거라는 걸 수사관님은 이미 알고 계셨겠지요. 하지만 제가 돈을 어느 정도 모을 수 있게 두어 시간만 주셨으면 해요. 금액을 보시고 적당하다고 생각하시면 제가 나머지 하나를 사고 싶어요."

그 말을 끝내기가 무섭게 문을 열어줘서 정작 내가 대답할 시간은 없었다. 나는 다니의 부서지기 쉬운 저런 연약함이 마음에 들었다. 나는 페루 기사만의 공간에서 떠나기 전에 그에게 웃어주었다.

"제 생각엔 그 낯선 자는 외계에서 온 것 같네요."

그가 웃으며 말했다.

"수사관님의 초능력으로 뭔가를 꼭 발견하길 바랍니다. 행운을 빌어요."

나는 늘 이 검은 유리가 아무 소용이 없는 것 같다고 의심해왔다. 우리가 가로막힌 창을 올리는 순간 말하고 있는 모든 것을 빨아들이는 듯한 그의 호흡을 느낄 수 있었기 때문이다. 그는 우리가 아무것도 눈치채지 못할 거라 확신하고, 우리의 대화를 자기 것으로 완전히 흡수해 신속히 처리하고 나서 우리를 쳐다보았던 것이다.

물론 그가 우리 이야기를 듣고 있었든, 아니면 유리창 뒤에 없었든 전혀 상관없다. 당신은 분명 지금 내 초능력이 과연 무엇인지 궁금해하고 있을 것 같다. 내가 무슨 일을 하는지, 살면서 그 능력을 어떻게 얻게 되었는지 등을 말이다.

당신이 추측하는 것처럼 그림 그리는 것은 그저 내 취미일 뿐 직업은 아니다. 나의 이 예술적 재능이 미래의 직업으로까지 연결되지 못할 거란 걸 쉽게 눈치챘을 것이다. 생계를 위한 일과 창조적인 일이 일치하지 못할지도 모르는 사람들과 한통속

이 되었다고 느껴질 때에는 참 애처롭고 서글퍼진다.

하지만 그렇다고 그림 그리는 일을 포기했다는 뜻은 아니다. 나는 아직도 시간 여유가 생기면 그림을 그린다. 실제 캔버스 위가 아니라 상상 속에서 그리긴 하지만. 사실 나는 시간을 죽이고 있을 때가 더 많다. 일이 아주 많은 게 아니라서 일한다는 것 자체가 생소하기까지 하다.

나는 그 초능력이 나를 찾아온 건지, 아니면 내가 그것을 발견했는지 잘 모르겠다.

"마르코스, 자네를 기다리고 있었네."

상사는 내가 땅에 발을 딛자마자 말을 걸었다. 그런 다음 바로 내 손을 쥐었다. 너무 꽉 쥐어서 손가락 두 개가 으스러지는 것 같았다.

그는 벨기에 출신으로 60대쯤 되었는데, 이전에 올림픽에서 양궁 챔피언 자리에까지 올랐다. 나는 그가 활을 쏘는 걸 딱 한 번 본 적이 있다. 활을 잡은 그의 얼굴에는 인생 최고의 기쁨이 묻어났다. 나는 삶의 열정이 얼굴에 나타나는 걸 아주 좋아한다.

어머니는 우리의 성적 자아가 집으로 향하는 자아의 자리를 차지하게 되면 이 세상은 천국이 될 거라고 말씀하셨다. 내가 열다섯 살 때, 어머니는 내 안에 있는 두 사람인 성적 자아와 집으로 향하는 자아를 이해해야 한다고 하셨다.

"너는 아직도 너의 성적 자아를 잘 모르는 것 같구나."

어머니가 독일의 에센이란 도시에서 총연습을 하기 전, 오케스트라가 있는 마당에서 대기하는 동안 내게 하신 말씀이다.

"하지만 곧 느끼게 될 거란다. 살다 보면 정확한 순간에 그 느낌이 딱 나타날 거야. 네가 누군가를 원할 때, 사랑을 나눌 때, 아니면 전혀 나타날 것 같지 않은 순간에 네게 다가올 수도 있단다. 너의 성적 자아는 네 삶에서 아주 중요하단다. 왜냐하면, 한 번도 안 가본 공간에 들어설 때 그것이 활발하게 움직이게 되거든. 어떻게 원하는 것을 알아볼지, 그리고 사랑에 빠지게 되는지, 어떻게 눈앞이 아찔해지는지, 어떻게 열정으로 가득 차는지를 알게 될 거야. 물론 아직은 잘 못 느낄 거야. 하지만 머지않아, 네가 사람들을 알아갈 때마다 그 사람들이 너의 인생에서 어떤 존재인지 궁금해질 거란다. 혼자서 비행기 안으로 들어서게 되면, 네가 원하는 사람이 누구인지, 어떤 사람이 너에게 사랑을 느낄 수 있는지, 아니면 네가 그녀들에게 사랑을 느끼는지, 그리고 누구와 섹스를 하고 싶은지를 바로 알게 될 거야. 이건 사람들의 본능이고, 네가 무엇을 원하는지, 무엇을 느끼고 있는지 이해하는 것은 나쁜 게 아니란다. 이것은 너의 성적 자아 중의 일부를 형성하는 거지. 너의 집으로 향하는 자아, 즉 너의 형식적인 자아는 너의 성적 자아를 꺼뜨린단다. 이것은 사회

적 시선들 앞에서 성적 자아가 고분고분하게 굴도록 만들 거야. 하지만 마르코스, 만일 우리가 성적 자아가 어떤지 모른다면, 그리고 그들의 헐떡이는 호흡, 성적 욕망, 최고치의 열정을 표현하는 방법을 모른다면 우리를 둘러싼 사람들을 어떻게 알아갈 수 있을까……? 성적 자아가 우리의 삶을 억누를 때와 우리의 얼굴에 열정이라는 행복이 드러나게 될 때 중, 언제 훨씬 더 행복을 느낄까?"

금방 에센 공연의 총연습이 시작되었다. 어머니는 공연이 시작되자 나를 까맣게 잊으셨다.

지금에서야 어머니가 하신 말씀이 하나씩 다시 기억난다. 어머니가 해주셨던 말씀을 단 하나도 실행에 옮기지 못했지만 그 말이 삶을 흥청망청 탐닉하거나 모든 순간에 우리가 원하는 것만을 해야 한다는 뜻이 아니라는 것쯤은 알고 있다.

어머니는 우리가 침실에서 느낀 행복을 사무실로, 그리고 거리를 서성이거나 버스를 기다리던 어느 우울한 겨울날로 옮겨야 한다고 말씀하셨다.

나의 상사가 활을 집어 들었을 때는 그에게서 성적 자아가 나타났던 것 같다. 그가 내뿜는 소리에는 열정적인 숨소리가 미세하게 들어 있는 것 같았다. 게다가 내가 한 번도 본 적이 없는 빛이 그에게서 뿜어져 나왔다. 그날 나는 어머니 말이 옳다는 생각이 들었고, 그것에 대해서 조금 더 이해하게 되었다.

"할 수 있는 한 최선을 다하겠습니다."

나는 그와 함께 사무실로 들어서면서 대답했다.

대답을 잘한 것 같았다. 어쩌면 이 말이 에센에서 어머니와 나누었던 대화에 대한 알맞은 대답이 될 수도 있었을 것이다.

하지만 그때 나는 어머니에게 아무 대답도 하지 않았다. 어머니와 나눈 수많은 대화는 해결되지 않은 숙제처럼 남아 있었다. 그녀는 토론이나 잡담, 춤 공연은 완전히 끝낼 수 있는 게 아니라고 여기셨다.

어머니는 수많은 마침표가 사람들의 인생을 좀 더 쉽게 만들어줄 거라고 하셨다. 마침표와 줄임표 들이 이해력을 높여준다는 것이다.

나는 그 순간 어머니가 얼마나 그리웠는지 모른다. 이전에는 단 한 번도 상상해본 적 없는 아주 극단적인 상황인 어머니의 죽음이 너무 고통스러웠다. 울고 싶었지만 그러지는 못했다. 그저 테라스에서 고독한 눈물만 흘려보냈다. 하지만 그것은 울음이 되지는 못했다. 울음은 최소한 두세 방울 정도의 눈물이 모여야 가능하다. 나에게는 한 방울의 슬픔만 있을 뿐이었다.

우리는 지하실로 향했다. 수상한 사람을 거기에 가둬두는 것은 당연한 일일 테니까. 어쩌다 알게 된 모든 사람의 얼굴이 나를 기다리고 있었다. 이 사람들은 내 초능력과 내가 발휘했었던 능력에 대해 알고 있었다.

내 초능력이라……. 그걸 어떻게 설명해야 할지 모르겠다. 내가 그것을 사용하는 방법을 배운 것 못지않게 그것에 대해 설명하는 건 나에게는 아직도 너무나 낯설다. 어쩌다 결국 그들과 일하게 된 건지 설명하기도 쉽지만은 않다.

하지만 난 그것에 대해서 당신에게만은 말해주고 싶다. 음, 세상에는 아주 사소한 것들이 있다. 뭔가 하나의 존재를 이루면서 지금의 당신이 어떤지를 규명해주는 그런 것들 말이다. 그리고 나에게는 이 초능력이 바로 나를 규정하는 그 뭔가 중 하나이다. 비록 내가 그것을 아주 적게 사용하긴 했지만 말이다.

나는 그것을 일상생활 중에 사용하는 걸 별로 좋아하지 않기 때문에 평소에는 거의 초능력을 켜놓지 않는다. 그 덕분에 내가 살아 있다는 생명력을 좀 더 느낄 수 있었던 것 같다. 만일 내가 에스파뇰 극장 소녀를 보았을 때 초능력을 켜두었다면 아마도 그녀에게서 그런 느낌을 받지는 못했을 것이다.

내가 받은 것은 아주 본질적이면서도 진실한 느낌이었다. 나는 그녀의 기다림과 사랑에 빠졌다. 나는 다시 그녀에 대해 생각하기 시작했다. 여전히 그녀는 그 극장에서 〈샐러리맨의 죽음〉을 보며 웃고 즐기며 기뻐하고 있을 것이다.

어떻게 그녀를 잘 알지도 못하면서 그리워할 수 있었을까? 인간이란 신비스럽고 뭐라고 딱 규정하기 어려운 존재이다. 그녀를 다시 떠올리니 뭔가 특별한 느낌이 들었다.

내가 이 초능력을 처음 발견한 곳 또한 극장이었다. 그 당시 나는 열여섯 살이었다. 보통은 그 나이가 이 초능력이 나타나는 시기라고들 한다. 그날 나는 분장실에서 신참 발레리나를 알게 되었다. 어머니는 새로운 몸동작을 직접 가르쳐줄 정도로 그녀를 많이 믿으셨다.

나는 콜로니아에 있던 의상실에서 그 무용수를 다시 우연히 만났다. 그리고 딱 몇 초간 그냥 쳐다보기만 했는데 나도 모르게 별안간 그녀의 전 생애를 알게 되었다.

그녀의 꿈과 욕망, 그리고 그녀가 한 거짓말들까지 다 내게 다가왔다. 마치 적외선을 통해 그것들을 받는 것처럼 그녀가 느꼈던 모든 감정과 열정이 내게 또렷이 전해졌다.

나는 그녀가 어린 남동생의 죽음으로 고통을 겪고 있다는 것을 알게 되었다. 그녀가 어린 남동생을 집에 홀로 두어서 그렇게 되었다는 죄책감이 그녀를 사로잡았는데, 그것은 실로 엄청난 고통이었다. 또한, 그녀가 모르는 사람들과 섹스를 할 때마다 그 슬픔이 그녀를 비집고 들어오는 것도 느껴졌다. 또한, 열다섯 살에 강간을 당해서 한 번도 그녀에게 섹스가 사랑스럽게 다가온 적이 없었다는 것도. 심지어 그녀는 섹스를 별로 좋아하지 않았다. 유쾌하고 기분이 좋아서 하는 게 아니라 해야만 한다는 의무감이 그녀 마음에 깊이 자리 잡고 있었다.

그리고 마음 깊숙이 자리 잡고 있는 그 두 가지 기본 감정들에서 나온 열두 개 이상의 이미지가 내게 밀려 들어왔다. 그녀가 원하지도 않는데 내가 그녀의 삶을 파헤치고 있는 것만 같았다. 내가 그녀를 일부러 피해야만 했을 정도로 내 얼굴은 그녀의 감정들로 가득했다. 내게 무슨 일이 벌어진 건지 도저히 알 수 없었지만 나는 그녀의 삶과 아픔들을 보고 말았다. 하지만 그러고 나니 뭔가 편안하고 자랑스러운 느낌이 들었다. 참, 나는 어머니를 향한 그녀의 증오도 느낄 수 있었다. 너무 강렬하고 끔찍한 미움을 품고 있어서 그녀가 어머니를 죽일 수도 있지 않을까 하는 생각마저 들었다.

하지만 나는 어머니에게 아무 말도 하지 않았다. 그런 감정이 모두 다 거짓일 거라고는 생각지 않았다. 충분히 그런 미움을 품었을 수도 있다.

두 달이 좀 지나서, 그 발레리나는 내 어머니의 심장에 가위를 꽂았다. 아주 심각한 상황은 면했지만 왼쪽으로 2센티미터만 더 들어갔으면 어머니는 돌아가셨을 거다.

치료 병동에서 어머니를 공격한 사람이 누군지 알았을 때 나는 이전에 느꼈던 그녀의 감정들을 어머니께 말씀드렸다. 어머니는 잠깐 시간을 갖고 나서 나를 쳐다보며 이렇게 말씀하셨다.

"마르코스, 넌 초능력을 가지고 있구나. 그것을 사용하는 방법을 익히되 절대 그것이 널 이용하는 일은 없도록 하거라."

그리고 그 후로 다시는 내 초능력에 대한 이야기를 입 밖에 내지 않으셨다. 어머니의 심장은 저절로 회복되었다. 그리고 그 일은 어머니에게 별로 중요하지 않아 보였다. 왜냐하면 어머니는 원래부터 심장이라는 조직을 별로 중요하게 여기지 않으셨고 그 중요성이 늘 과대평가되었다고 생각하셨기 때문이다. 그녀의 중요한 감정들을 조절하는 건 아무래도 식도였던 것 같다.

"자네, 그 낯선 자를 보러 혼자 들어가고 싶은가?"

상사가 물었다.

나는 그러겠다고 했다.

"그자를 언제부터 잡고 있었죠?"

나는 들어가기 전에 물었다.

"3개월 정도."

그가 대답했다.

"3개월 전부터 잡고 있었다고요?"

나는 분개했다.

"우리가 모든 방법을 다 시도해봤는데 그가 외계인인지 아닌

지는 알 수가 없었다네. 이제 자네 초능력이 뭐라고 하는지를
좀 보자고."

만일 그들이 나에게 도움을 요청한 거라면, 내 초능력이 그들
이 할 수 있는 마지막 방법이라는 뜻이다. 분명 나 전에 군인과
심리학자 들, 의사들과 엘리트 고문들까지 이 문을 지나갔을 것
이다. 하지만 그들은 분명 실패했을 것이다. 사실 격조 높은 분
야에서 내 초능력은 별로 인기가 없다.

"그건 그렇고 언론에는 어떻게 흘러 들어가게 된 건가요?"

나는 캐물었다.

상사는 갈수록 불안해했다. 그는 내가 이런 질문을 하기보다
는 답변을 하길 원하는 것 같았다.

"뭐, 소식이 새어 나간 거겠지."

그는 관심도 없다는 듯 중얼거렸다.

"그렇겠군요. 온갖 언론 매체에서 그 사실에 대해 조사하기
시작한 지 얼마 되지 않아서 바로 텔레비전에서 나왔고, 그걸
제가 본 거니까요."

"물론, 그러니 자네가 여기 있는 거겠지."

그는 내가 빨리 조사실로 들어가길 바라며 말을 맺었다.

"방해하려는 게 아니라면 여기 있는 카메라를 다 꺼주시죠."

그러자 그의 표정이 싹 바뀌었다. 그는 그 방과 소통의 끈을

놓고 싶어 하지 않았다.

"카메라가 켜져 있으면 초능력을 발휘할 수 없다는 건가?"

"아무래도 초능력이 잘 들어먹지 않을 거예요."

나는 그에게 거듭 이야기했다.

"전파장애가 생기면 뭐가 진짜인지 구분도 잘 안 되고, 무슨 일이 일어났었는지 보이지도 않게 될 겁니다."

나의 상사는 얼굴을 만지작거렸다. 전혀 탐탁지 않아 하는 눈치였다. 나는 그의 상관들에게 내 요구 사항을 전하기가 어려울 수도 있겠다는 생각이 들었다. 이 낯선 자와 함께하는 신기한 순간을 그들이 놓칠 리가 없었다.

"그럼, 알았네. 모든 카메라를 끄도록 하겠네."

그는 내 요청을 수락했다.

"대신 정보를 얻는 데 최선을 다해주게."

그는 떠나고 나는 그 문 앞에 홀로 남겨졌다.

8.

포르투갈 여인,
그리고
말을 사랑했던 제빵사

문손잡이를 돌려서 취조실로 들어서기도 전에 초능력이 먼저 나를 통과해 들어오기 시작했다. 고통스러운 느낌은 아니었고, 뭔가 놀라움과 즐거움이 뒤섞인 것이었다.

　나는 당신에게 내 초능력에 대해서 거의 말한 적이 없지만, 살짝 이야기하자면 그것이 나에게 몰려올 때는 엄청난 힘이 느껴진다.

　그 초능력으로 나는 뭔가를 감지하게 되었다. 음, 물론 나는 '감지'라는 단어를 별로 좋아하지는 않지만…… 이것은 상대방의 가장 끔찍한 기억을 '전해준다'. 또한, 내가 뚫어지게 두 눈을 바라보고 있는 대상의 기쁨도 전해준다.

　나는 사람들에게서 끔찍한 범죄와 기정사실로 된 욕망, 참을 수 없는 고통, 심리적 공포, 거기에 바로 이어서 끝없는 사랑과 억제되지 않은 열정, 최고의 행복을 보았다.

내가 상대방을 바라보자마자 이중적인 감정들이 내 안을 파고들었다. 마치 두 가지 감정을 다룬 영화 예고편을 보는 것 같다고나 할까.

나는 순식간에 두 가지 커다란 연속된 장면을 보게 되었다. 그리고 이어서 또 다른 열두 장면이 눈에 들어왔다. 그것들은 마치 끔찍한 것에서 즐거운 것으로 넘어가는 일련의 과정과도 같았다. 복권의 숫자를 채워가는 느낌이랄까……. 그것들은 2분짜리 영화 예고편이라기보다는 14초짜리 티저 광고처럼 나에게 들어왔다.

열두 개의 장면은 내가 수많은 사람들에 대해 알 수 있게 해주는 열쇠이다. 하지만 이런 극단적인 상황은 현실과 너무 동떨어져 있어서 사람들을 이해하는 데 전혀 도움이 되지 않을 때도 종종 있었다. 극단적인 것들이 곧 우리 자신을 정의하는 건 아니니까.

내가 처음 경찰 일에 협조하게 된 날이 기억난다.

그날 나는 산타아나 광장의 제빵사에게서 바게트를 사고 있었다. 당시 내 초능력은 켜져 있었다. 나는 그 제빵사를 보는 순간 그가 아내를 어떻게 죽였는지, 그리고 바로 이어 그가 말을 얼마나 사랑하는지를 느낄 수 있었다. 그 제빵사에게 말을 타는 행위는 열정 그 자체였다. 그 동물에 대한 남자의 숭배는 자신의 운명을 쥐고 있던 한 인간의 고통스러운 죽음과 연결되어 있었다.

나는 그 즉시 경찰서로 갔다. 그때 그 조사관이 왜 나를 믿었는지는 사실 지금도 이해가 잘 안 간다. 그가 바로 내가 지금 상사라고 부르는 그 사람이다. 십수 년이 지나면서 우리의 얼굴은 변했지만 내면은 그렇게 변한 것 같지 않다.

내가 그에게 제빵사에 대해서 느꼈던 모든 것을 말해주었던 순간이 떠오른다. 그는 전화를 들더니 아무런 의심 없이 내가 말한 곳으로 순찰차를 보냈다. 얼마 되지 않아 제빵사 아내의 시체가 발견되었다. 하마터면 다 타서 암말과 수말 들의 먹이가 될 뻔했다.

그가 나에게 그 결과를 전해주며 갈기갈기 찢긴 시체 사진을 보여주었을 때, 나는 내 자신이 참 무력하다는 생각이 들었다. 내가 그 여자의 삶을 구하지는 못했다는⋯⋯. 그녀는 이미 죽어 있었다. 나의 초능력은 기정사실로 된 이미지만을 보여주기 때문에 별 방도가 없었다.

미래의 일이나, 계획되었지만 아직 실행으로 옮겨지지 않은 살인, 암울하고 무섭지만 아직 현실화되지 않은 꿈들은 초능력을 통해서는 단 한 번도 본 적이 없다.

나는 바람들이 아닌 이미 이루어진 사실만 볼 수 있었다. 어머니를 찌른 발레리나의 경우도, 그녀의 증오는 보았지만 한 번도 그 증오가 끔찍한 살인으로 변할 거라고는 생각하지 못했으니까.

나는 제빵사 아내의 장례식에 참석했다.

나는 뭔가 피할 수 없는 운명을 느꼈고, 방법이야 어떻게 되었든 그 상황을 목격하던 순간 그 살인의 공범자라는 죄책감이 들었다.

비록 조금 늦긴 했지만 나는 그녀의 죽음 앞에 반갑지 않은 손님처럼 나타났다.

정말 참기 어려웠다. 나는 어떤 비디오와 같은 존재였다. 녹화된 모든 연속된 장면들을 가지고 있었지만 직접 그 상황이 벌어졌을 때 그 자리에 존재하지 않은 기계 같은, 녹화본으로만 중계하는 소름 끼치는 관찰자 말이다.

상사는 묘지 앞에 서 있었다. 그리고 아무 말 없이 나를 바라보았다.

"냉커피나 한잔하시겠습니까?"

내가 자리를 뜨려고 하자 그가 말했다.

그 끔찍했던 묘지의 한쪽 구석에 있던 카페에서 우리는 바로 본론으로 들어갔다.

"저랑 한번 일해보지 않으시겠습니까?"

"경찰과요?"

나는 진의를 의심하며 물었다.

"네."

그가 대답했다.

"이런 끔찍한 상황들을 좀 없애는 데 도움을 얻기 위해 저랑 연락만 닿아도 좋겠습니다."

"농담이시죠?"

나는 되물었다.

그는 단어를 잘 선택했다. "좋겠습니다"는 어머니가 그런 상황에 처했다면 하셨을 표현이었다.

"전 뭐가 뭔지 잘 모르겠습니다."

나는 짧게 내뱉었다. 그리고 이어 그에게 생각해보겠다고 말했다.

내가 이 초능력을 가진 지는 대략 6년이 좀 넘었다. 나는 내 초능력이 단지 아주 이상한 사람을 발견하고 동시에 그 사람의 나쁜 짓과 굉장한 선행을 발견하는 데만 쓰일 수 있을 거라 생각했었다.

"부탁 하나만 드려도 되겠습니까?"

내가 냉커피를 한 모금도 마시지 않고 일어서려고 하자 그가 말을 꺼냈다.

나는 그가 무엇을 부탁하려는지 이미 알고 있었다. 내가 사람들과 초능력에 대해 이야기를 나눌 때면 그들은 한 명도 빠짐없이 그것을 자신들을 위해 사용해주길 바랐다. 자신들 안에 있는 극단적인 두 가지 감정 상태를 밝히고 그 주변에 있는 열두 가지 감정들을 알고 싶어 했다.

"당신의 양극단의 감정들을 알고 싶으신 건가요?"

나는 그 지겨운 상황을 빨리 넘기기 위해 직접적으로 물었다.

그는 냉커피를 후다닥 마시고 나서는 바로 고개를 끄덕였다. 나는 초능력을 켜고 그를 바라보았다.

"체포되었던 사람을 죽였는데, 계획적인 것도, 어떤 목적이 있어서도 아니었군요."

나는 머릿속에서 선명하게 보이는 사건을 바라보며 말했다.

"그 불행은 당신 때문이 아니라, 대략 쉰 살쯤 되어 보이는 털이 덥수룩하게 난 경찰 때문이네요. 하지만 당신은 그 사건으로 죄책감을 느끼고 있어요. 절대 그것을 잊지 못하는 것 같아 보이는군요."

그의 얼굴이 새파랗게 질렸다.

나는 그 순간 장례식장에 있는 이 카페에서 모르는 누군가에

게 친절을 베풀지도, 엄청나게 큰 비밀을 말해주지도 말았어야
했다는 생각이 들었다.

"당신에게는 사랑하는 사람이 있군요."

나는 말을 계속 이었다.

"그 여인은 포르투갈 사람이고요. 그녀는 당신에게 큰 기쁨
의 대상이고, 당신이 가지고 있는 또 다른 극단적인 축에 자리
잡고 있어요. 금요일 저녁마다 강가 근처에 있는 그녀의 집에서
만나는군요. 당신은 그녀와 함께 있을 때 자신이 아주 젊어진
것 같다고 느끼고 있어요. 함께 보내는 시간이 당신에게는 아주
큰 기쁨이고요."

그는 아무 말도 하지 않았다.

나는 그날이 금요일이란 것을 알고 있었다. 그는 멋진 옷을
입고 있었고 향수 냄새가 났다. 제빵사 아내의 장례식을 위해
차려입고 온 옷이라기보다는 40살쯤 된 포르투갈 애인을 만
나러 가기 위한 옷차림이었다.

그는 아무 말도 하지 않았고 나는 카페에서 나왔다.

나는 거리를 걸으며 그의 제안을 수락해야 하나 고민했다. 그
때 무덤 안에 있던 100살 된 노인을 바라보며 그 제안이 나를
위한 것이 아니라는 생각을 굳혔다.

그렇게 그의 제안을 받아들이는 데 꼬박 2년이라는 시간이

걸렸다. 그동안 우리는 친구가 되었다. 나는 그 포르투갈 여자를 알게 되었고 그가 체포해서 죽였던 사람의 무덤도 방문했다. 그 수염 난 경찰은 바로 그의 아버지였다. 그는 한 번도 아버지가 저지른 일에 대해서 신고할 용기가 없었지만 이전보다는 마음이 훨씬 더 나아졌다고 했다.

내가 왜 그와 일하기로 했느냐고? 그것이 내 초능력에 뭔가 의미를 부여하는 거라는 생각이 들었기 때문이다. 나에게는 그런 것이 필요했다. 모든 사람들은 자신의 행동이 의미가 있길 바라니까.

눈앞에 있는 문손잡이를 돌려서 세상에서 가장 유명하면서도 낯선 자를 만나보려고 하자 초능력이 그것의 진정한 의미를 뿜어내는 것 같았다.

만일 이 낯선 자가 텔레비전에서 말했던 대로라면, 그에게서 얻는 이미지를 통해 그가 어디서 왔는지, 어떻게 살아왔는지를 알 수 있을 것이다. 그리고 그가 지구에 온 목적까지도 알게 될 것이다.

선과 악은 한 존재에게 있어서 방위점과 같다. 이것은 마치 단 하나의 이미지를 얻기 위해서 14점을 얻어야 하는 게임과 같다.

그리고 그 14점은 내 손안에 있었다.

나는 숨을 크게 들이마시고 초능력을 최대한으로 켠 채로 문을 열었다.

9.

**어린 시절에 내리던
붉은 비**

문을 열면 뭔가 끈적거리는 생물이 나를 기다리고 있을 거라고 상상했다. 그것이 다른 별에 사는 외계인에 대해 품고 있는 이미지였으니까. 뭔가 끈적거리고 흐물거리는 모습이 내 머릿속에 맴돌고 있는 외계인의 특성이었다. 왜인지는 모르겠지만 그 이미지를 머리에서 지울 수가 없었다.

잔뜩 두려운 마음을 갖고 문을 열었다. 그자는 취조실 한가운데에 앉아 있었다. 그는 나를 바라보지 않고 바닥을 응시하고 있었지만, 끈적거림이라고는 전혀 없는 존재라는 걸 눈치챌 수 있었다.

한 열네 살쯤 되어 보였고, 아주 전통적인 의미에서, 그는 아주 '인간스러웠다'. 그에게 끈적임이라고는 눈곱만치도 없었다.

외관상으로 보기에는 영화 〈태양은 가득히〉의 알랭 들롱을 많이 닮아 있었다. 그에게서 활기찬 생명력이 흘러나왔다. 그는 눈부시게 아름다웠다. 비록 그가 땅바닥에서 눈을 떼지 않았지만 직감적으로 그의 눈이 크고 머릿결이 아주 부드러울 것 같다는 것을 알아챌 수 있었다.

나는 그의 앞에 자리를 잡았다. 우리는 흰색의 작은 사각 탁자를 사이에 두고 앉았다. 그 위에는 그가 적어놓은 낙서투성이 종이들이 가득 널려 있었다. 나는 맨 위에 적힌 문구를 읽었다.

저는 무죄예요……. 여기에 있으면 안 돼요……. 저는 권리를 잃었어요…….

그는 계속해서 바닥을 내려다보고 있었다. 마치 겁 많은 10대 소년 같았다.

그가 입고 있는 옷은 그를 발견했던 단체가 준 것으로 병원에서 입는 파란 파자마였다. 옷의 목 부분이 길게 늘어져 피부가 드러났는데, 그냥 보통 사람의 피부였다. 전혀 미끈거리거나 끈적이지 않았다.

나는 그에게 인사를 건넸다.

"안녕."

그는 아무 대답도 하지 않았다. 아마도 내 존재에 대해 조심스러워하거나, 아니면 전혀 관심이 없을 수도 있다. 실제로 그는 하나도 이상해 보이지 않았고 그냥 어린아이 같았다.

그를 조사해보려고 그와 시선을 마주친 순간, 내 초능력이 전혀 작동하지 않는다는 것을 깨달았다. 그 방에 소리를 엿듣는 전자장치들이 연결되어 있다는 것을 깜빡했던 것이다.

나는 취조실을 통제하는 창문 쪽으로 손짓하고는, 카메라들이 내 초능력을 방해한다는 사인을 보냈다. 몇 초를 기다리자 낯선 자가 다리를 꼬았다. 그의 무관심이 나를 더 초조하게 만들기 시작했다.

그들이 전자장치들을 하나씩 끄고 있다는 것이 감지되자 내 초능력의 강도가 증가하고 있다는 느낌이 들었다. 그 신비한 쾌감이 나를 압도해왔다. 그것은 뜨겁고도 사랑스러운 색깔과 같은 느낌이었다.

그들이 마지막 전자 기기를 끄는 소리가 들렸을 때, 왠지 모르게 혼자라는 느낌이 들었다. 비록 그들이 유리를 통해 관찰하고는 있지만 우리가 말하는 것을 듣거나 우리의 얼굴을 확대해서 보는 일 따위는 못 할 것이다.

그와 나만 홀로 남겨졌다. 나는 뭔가 강력해짐을 느꼈다.

"어제 당신 어머니가 돌아가셨군요. 맞죠?"

정체불명의 소년은 고개를 들지도 않은 채 말을 꺼냈다.

갑자기 내 심장과 식도가 뒤집어질 정도로 두근거렸다. 그의 말에 어떻게 반응해야 좋을지 몰랐다.

마치 한곳을 조준하고 있는 미사일이 중심부에 내리꽂혀 핵폭탄이 터진 느낌이었다.

이자가 어떻게 그걸 알았을까……?

나는 시간을 좀 더 끌었다. 그에게 초조해 보이고 싶지 않았다. 나는 다시 그와 시선을 맞추려고 시도했다. 하지만 그는 내일은 또 몇 시에 얼마 동안 취조를 할 건지 물어본 것처럼 풀이 죽어 계속 고개를 떨어뜨리고 있었다.

나는 마음을 진정하고 놀랐다는 티를 내지 않았다.

"당신은 두렵군요."

그가 말을 이었다.

"지금 당신은 어머니가 떠나셔서 더 이상 삶의 의미가 없다고 느끼고 있어요. 오랜 시간 수많은 나라에서 당신과 함께했던 그녀를 그리워하고 있네요. 당신과 그녀…… 늘 당신은 어머니와 함께였죠. 그러니 아주 고통스러울 거예요. 당신 삶의 최악의 상황이 바로 지금인 거죠, 맞죠?"

그리고 바로 그 순간 그가 얼굴을 들었다. 그때 나는 그 낯선자도 나와 같은 초능력을 가지고 있다는 것을 깨달았다. 나는 그 순간 내가 태연스레 샅샅이 꿰뚫어 보았던 사람들이 느꼈을 심정을 처음으로 이해하게 되었다.

내 얼굴이 공포로 질렸음이 틀림없다. 왜냐하면, 상사의 목소리가 방에 울려 퍼졌으니까.

"마르코스, 괜찮나? 도움이 필요한가?"

상사는 겁에 질린 목소리로 다급하게 소리쳤다.

"아니요, 괜찮습니다."

나는 마음을 다잡았다.

"다시 음향 장치들을 꺼주시죠. 부탁드립니다."

다시 모든 전자장치가 꺼졌다. 낯선 자가 다시 말을 꺼내는 데 몇 초가 더 걸렸다.

"제가 느끼는 것처럼 어머니가 그렇게 좋은 분이셨나요?"

그가 물었다.

"당신의 열두 개의 기억들 중에 여덟 개는 어머니와 연결되어 있군요."

나는 아무 대답도 하지 않았다. 나는 그를 꿰뚫어 보려고 애를 썼다. 그리고 스스로 균형을 잡으려고 노력했다. 그렇지만 뭔가가 나를 방해해왔다. 전파장애는 아니었다.

그가 웃었다.

"오늘 한 소녀를 알게 되셨죠? 아마도 엄청난 기쁨을 느끼셨을 거예요. 그렇죠? 당신은 그녀가 극장에서 나오기 전에 그녀에게 가야만 해요. 그 만남이 당신의 삶에서 얼마나 중요한 것인지 아마 상상도 못 할 거예요. 정말이에요. 당신은 지금 바로 〈샐러리맨의 죽음〉을 보러 가야 해요. 그게 당신 삶에서 가장 행복한 순간은 아니지만, 그건……."

"그만해!"

나는 그만 소리를 지르고 말았다.

내가 왜 그 순간에 그렇게 소리를 질렀는지, 그 대화를 이어가고 싶어 하지 않았는지 모르겠다. 하지만 그가 내 허락도 없이 내 감정들을 쑤셔대는 것에 화가 났다. 그리고 어떤 방법으로든 내 삶에서 가장 좋았던 순간이 무엇이었는지 말하지 않았으면 했다.

나는 평생 내 인생에서 최고로 행복한 순간이 언제였는지 모른 채로 살아가고 싶었다. 그래서 나는 늘 내 삶에서 가장 좋고 행복했던 두세 가지 순간들 사이에서 갈팡질팡해왔다. 그리고 남은 생애 동안 계속 의심해보려고 했었다.

누군가가 내 감정과 열정에 대한 목록을 만든다는 건 아주 끔찍한 일이었다. 단 한 번도 누군가 내 감정의 리스트를 만들 거라고는 상상도 못 했었다.

나는 우물쭈물하다 마침내 입을 뗐다.

"당신, 정체가 뭐지?"

내가 물었다.

그는 나를 바라보았다. 그리고 책상 한편에 있던 물컵을 집어 들고는 천천히 마셨다.

"당신이 이 질문에 답변을 해야 한다고 생각하지 않나?"

"물론 대답해야겠죠. 하지만…… 당신은 지금 머리가 깜깜해 졌죠, 그렇죠?"

그는 두 번째로 웃었다.

나는 그의 두 번째 웃음이 마음에 들지 않았다. 나는 내 초능 력을 최고치로 올리기로 했다. 이제까지는 단 한 번도 그래야 할 필요성을 느끼지 못했었다. 하지만 태어나서 처음으로 그렇 게까지 했는데도 전혀 얻어지는 게 없었다. 그가 마치 나를 방 해하고 있는 것만 같았다.

"외계에서 온 건가?"

나는 순진하게 물었다.

그가 웃었다. 그의 웃음은 아주 신 나 보였다. 위험성이라고 는 없어 보였다. 다른 별에 사는 외계인이라고 상상할 수 없는 웃음이었다.

"당신 상관들이 아무 말도 안 했어요?"

"아니."

"제가 당신에게 뭔가를 털어놓길 바라시나요?"

그가 물었다.

"그래, 괜찮다면⋯⋯."

그는 나에게 최대한 가까이 다가와 앉았다. 나는 책상 아래로 수갑에 묶인 그의 두 손을 보았다. 그는 나에게 점점 더 가까이 다가오더니 조용히 속삭였다.

"저는 당신 어머니가 이런 방식으로 이야기 나누는 걸 좋아하셨다는 것도 알고 있어요."

그는 계속해서 속삭였다. 그의 음성은 갑자기 고통스러운 소리로 바뀌었다.

"절 좀 도와주세요. 전 지금 여기를 바로 나가야 해요."

그의 말을 듣자 피부에 닭살이 돋았다. 이 이상한 존재는 누구이기에 나에 대해서 이렇게 잘 알고 있고, 내 도움이 필요하다고 하는 거지? 나는 진땀이 흐르기 시작했다.

"미안하지만 난 그럴 수 없어."

나는 생각도 안 해보고 딱 잘라 대답했다.

"그러고 싶지 않은 건가요, 아니면 그러지 말아야 한다는 건가요?"

그가 간청했다.

나는 침을 삼켰다. 그는 뭔가 내게 두려움을 안겨주었다.

"자네가 누군지는 말 안 해줄 건가?"

나는 집요하게 물었다.

"여기에서 저를 꺼내주시기 전엔 말씀드릴게요."

그는 처음으로 괴로운 소리를 냈다.

"저들은 당신한테 아무 해코지도 안 할 거야."

내가 말했다.

"말해봐. 너는 누구지?"

"전 이미 다 털어놨어요."

갑자기 그는 아무 말도 하지 않고 조용히 있었다. 그러자 나에게 하나의 이미지가 천천히 스쳐 갔다. 드디어 내가 다가가는 걸 허락한 것이다. 그는 몇 마디 말 대신 이미지로 한 번에 보여주기로 한 것 같았다.

그의 언제의 기억인지는 모르겠지만 종래의 방식과는 뭔가가 달랐다. 그것은 어떤 극단적인 상황일 수도 있고, 아니면 열두 개의 기억 중 하나일 수도 있다.

아무튼, 그 이미지가 내게 도착했다.

그건 행복한 장면이었다. 소년은 아버지와 축구를 하며 웃고 있었다. 소년은 이 낯선 자와 아주 많이 닮아 있었다. 바로 그의 어릴 적 모습이었다. 소년은 아주 행복해 보였다. 갑자기 비가 쏟아졌다. 아버지와 소년은 나무 밑으로 비를 피하고는 활짝 웃고 있었다.

이것은 내가 수많은 사람들을 통해 수백 번은 넘게 보았던 장면이었다. 아버지와 아들의 행복한 모습. 나는 한 번도 경험해보지 못했지만 보통 사람들이 대부분 갖고 있는 아주 기본적인 열두 감정 중 한 장면이었다.

그런데 갑자기 이 장면에서 이상한 뭔가가 느껴졌다. 떨어지던 비가 보통과 달랐다. 붉은 비가 내리고 있었던 것이다.

붉은 비였다. 하지만 아버지와 아들 그 누구의 안색도 변하지 않았다.

그들은 어둑한 하늘을 바라보고 있었다. 그 순간 나는 하늘에 해나 달이 떠 있지 않고 그곳의 하늘 모양이 오각형이라는 것을 알게 되었다.

그 비는 한 번도 멈추지 않고 줄기차게 내렸다. 그리고 그 붉은색은 갈수록 점점 더 진해졌다. 물론, 이건 아주 행복한 순간의 기억이다. 하지만 이 낯선 소년이 나에게 보여주고 싶어 했던 것은 행복이라는 감정이 아니라 그 일이 일어났던 주변 환경이었다. 그리고 그 장소가 우리가 있는 지구가 아니란 것이 분명해졌다.

나는 그곳이 어딘지는 몰랐지만 그곳은 내가 보았던 곳 중 가장 이상한 장소였다.

그 장면이 멈추자 그는 나를 쳐다보았다.

"이제 저를 좀 도와주시겠어요?"

그가 소곤거렸다.

10.

그를 모른 채
그에게
들어갈 수는 없다

나는 취조실에서 나왔다. 그에게서, 그리고 그가 내게 보여주었던 것들에서 벗어나고 싶었다. 밖에 나와 문 뒤에 있으니 마음이 한결 편해졌다. 비록 계속 왔다 갔다 하긴 했지만.

몇 초가 지나지 않아 상사가 다가왔다. 그것도 다니를 데리고서. 그의 얼굴은 뭔가를 알고 싶어 안달이 나 있었다. 안에서 벌어지는 일을 들을 수 없으니 나를 살펴보는 내내 불안감이 하늘을 찔렀을 것이다.

그들이 말하기 전에 내가 먼저 선수를 쳤다.

"그에 대해서 알아낸 것이 아무것도 없네요."

그렇게 먼저 말을 꺼냈다.

"제 초능력이 그자 앞에서는 꼼짝도 안 해요. 그자에 대해서 알고 있는 것이 있으시면 지금 좀 말씀해주시면 좋겠어요. 그를 모른 채 그에게 들어갈 수는 없어요."

내가 그런 문구를 입 밖으로 내뱉게 될 거라고는 생각지도 못 했다. 내가 이제까지 초능력을 통해 알아보았던 사람들에 관해서 이야기할 때에는 구태여 이 두 문장을 꺼낼 필요가 없었다.

갑자기 그자가 극장에 있는 소녀를 만나러 가라고 했던 말이 뇌리를 스쳤다. 내가 그녀와 말하는 게 왜 중요할까? 어떻게 그자가 그녀에 대해서 알 수 있었을까? 나를 읽은 걸까? 그것을 알아챌 수 있을 만큼 그녀에 대한 기억이 나를 관통한 걸까? 이미 그녀가 내 삶의 기본적인 열두 개의 기억 중 하나로 자리 잡았다는 뜻일까?

"내 사무실로 따라오게."

상사는 화가 난 티를 팍팍 내며 말했다.

우리가 긴 복도를 지나는 동안 그는 휴대전화로 상관들에게 한마디를 전달했다. "실패"라고.

나는 다니에게 전화해서 근처로 오라고 했다. 상사 몰래 다니에게 하고 싶은 말이 있었다.

"에스파뇰 극장에서 지금 하고 있는 공연이 몇 시에 끝나는지 좀 알아봐주게. 〈세일즈맨의 죽음〉 말일세."

"에스파뇰 극장에서 하는 공연이 보통 몇 시간씩 하죠?"

그는 화들짝 놀라 질문했다. 그는 이 정보가 외계인과 연관이 있을 수도 있다고 짐작하고는 바로 알아보겠다고 했다.

"그래. 공연을 본 사람들이 빠져나가기 전에 나도 거기에 가 있어야 한다네. 확실하게 정보를 알아보도록 해. 자네에게 대략 두 시간 정도를 주겠어. 대신 구체적으로 알아봐야 해. 자 그럼, 바로 가보게."

다니는 아무런 의심도 하지 않고 즉시 자리를 떠났다. 나는 몇 분 후에 불어닥칠 엄청난 폭풍우를 상상하며 상사의 뒤에 딱 붙어서 따라갔다. 그는 기분이 별로인 것 같았다. 왜 처음으로 그의 비밀 병기가 들어먹지 않았는지 이해가 가지 않은 모양이었다.

우리는 사무실로 들어섰다. 내가 안으로 들어서자 그는 문을 잠갔다. 그러고는 바로 금고를 열어 보고서를 무더기로 꺼냈다.

"그 산에서 우리가 발견한 거야."

그는 나에게 사진 한 장을 보여주었다. 그 사진 속에는 엄청난 열이 만들어낸 커다란 구덩이가 있었다.

"위성에서 확인한 바로는 그 근처에 우주선이나 뭐 그 비슷한 교통수단이 전혀 없었다는군. 이게 자네가 궁금해하는 것에 도움이 되는지는 모르겠네만."

그는 더 많은 사진을 보여주었다.

"모든 지역이 1분도 채 안 돼서 다 타버렸다는 거야. 자네라면 어떻게 이걸 입증할 수 있겠나. 오후 7시 4분의 위성사진을 보면 이 산속에 식물들이 가득했거든. 그런데 1분 후에 완전 황폐해진 거지. 그리고 그 타버린 지역 중간에 유일하게 남아 있던 생물체가 바로 그 소년이었다네."

나는 그가 내게 보여주었던 수많은 사진을 모두 집어서 코앞에 갖다 대고 다시 살펴보았다. 정말 믿을 수 없는 광경이었다. 이렇게 갑작스러운 속도라면 알려지지 않은 기술로 생성된 에너지와 관련이 있다고밖에 볼 수 없었다.

"당신들이 그것을 보여주자 그가 뭐라고 하던가요?"

나는 조금씩 캐물었다.

"아무 말도 안 하더군. 부인하지도 않고, 그렇다고 순순히 수긍하지도 않고 말이지. 다만, 자신은 해야 할 일이 많다면서 놓아달라고만 하더라고."

"뭘 해야 한다고 하던가요?"

"그걸 모르겠어. 그것까지는 말하고 싶어 하지 않았어."

그는 더 많은 보고서를 꺼내서 내게 보여주었다.

"그자에게 실시했던 신체검사 결과일세."

상사가 말했다.

"자네도 확인할 수 있겠지만 모든 결과가 보통 인간의 기준치 내에 있더군. 확실하게 정상적인 수치이지. 심리학자가 한 검사 결과도 비슷했어. 그 또래의 인간보다 높은 수준도 아니고 딱 중간치가 나왔다네."

"그러면 왜 그를 잡아두고 있는 거죠? 산속 구멍이 난 부근에 있었다는 이유 하나로 그렇게 하고 있는 건가요?"

내가 물었다.

"뼈 검사 때문에 그래."

그는 내게 검사 결과를 건네주었다.

처음부터 쭉 살펴보다 보니 마지막 부분에 검사 결과가 적혀 있었다. 내용을 읽고 나서 내가 본 게 맞는 건지 확인하려고 또 한 번 큰 소리로 읽어보았다.

"이 낯선 자는 보통 사람들과는 다른 뼈 구조로 되어 있습니다. 지구와는 다른 환경에서 수십 년간 노출되어 있었던 것으로 보입니다. 우주정거장에서 많은 시간을 보낸 우주 비행사들의 뼈 구조와 유사한 형태를 보이고 있습니다."

이상이 내가 읽은 내용이다.

상사는 그 내용을 이미 수백 번은 읽었다는 듯 아무 말도 하지 않았다. 사진 중에는 나에게 보여주지 않고 뒤집어놓은 것들도 있었다. 여기저기 사진이 뒤집어져 있었다.

"저것들은 안 보는군."

그가 말했다.

"무슨……?"

"저것들은 자네가 이미 확인한 사진들과는 또 다른 조사 내용들이라네."

나는 반신반의하며 그것들을 집어 들었다. 사진들을 뒤집었다. 눈앞에 나타난 모습들에 갑자기 소름이 확 끼쳤다. 개만도 못한 인간들이 이 사춘기 소년에게 행했던 조사는 끔찍하고 혐오스러웠다. 모든 종류의 별의별 학대가 다 이루어졌던 것이다.

"이건 정말……."

뭐라고 수식할 만한 형용사가 하나도 떠오르지 않았다.

"이렇게까지 했는데 아무 말도 하지 않던가요?"

"단 한 마디도 안 하더군."

나는 다시 책상 위에 그 사진들을 올려놓았다. 계속 쳐다보기가 너무나도 힘들었다. 나는 천장을 물끄러미 바라보았고 상사는 그것들을 다시 뒤집어놓았다.

"이제 무엇을 하실 건가요?"

내가 물었다.

"아주 복잡하다네."

상사는 원래 있던 순서는 신경도 안 쓰고 모든 자료들을 금고 안에 던져두면서 대답했다.

"하지만 언론에서는 끝까지 보고 싶어 할걸요."

"그렇겠지."

그는 의자에 앉아서는 위스키를 벌컥벌컥 들이켰다. 나는 그가 말하지 않은 게 있다는 직감이 들었다.

"무슨 일입니까?"

나는 따져 물었다.

"그들이 그자를 갈기갈기 찢어서 보고 싶어 해. 시체 부검을 해보고 싶은 거지."

"정말이요? 하지만 그자에 대해 확실히도 모르면서 어떻게……."

"그러니까 해보고 싶은 거지. 많은 사람이 그가 외계인이라고 믿고 있어. 뼈 검사 때문에. 그들은 그게 확실한 증거라고 생각하거든. 다른 사람들은 뼈가 기형이라고 생각할지도 모르겠지만……."

"그래서 그들이 저를 부른 거군요?"

내가 물었다.

"만일 제가 그 자리에서 그자가 지구인이 아니라는 것을 알아채기라도 했다면……?"

"그랬으면, 무자비하게 그자를 해부해봤겠지."

나는 격분했다.

"그러니까 저를 부르신 게 바로……."

상사는 화를 내며 내 말을 끊었다.

"내가 자네를 부르자고 한 게 아니라네. 내 상관들이 내게 그렇게 하라고 명령했을 뿐이지. 그들은 자네가 이제까지 해왔던 일들에 대해 잘 알고 있고, 그 잔인한 일을 하기 위한 근거가 필요했던 거야……."

나는 그의 말을 끊었다.

"죽이려고……."

그의 얼굴이 굳어졌다. 나는 그가 신체 해부를 하고 싶어 하지 않았다는 걸 알고 있었다. 그는 늘 심지가 굳은 사람이다.

"그들은, 존재는 살아 있을 때는 우리에게 아무 말도 하지 않지만 죽은 자들은 많은 것을 말해준다고 하더군."

그가 말을 덧붙였다.

"다만 그들은 언론이 무서워서, 그 이상한 소년을 아직 부검하지 못한 거지."

갑자기 나에게 이미지 하나가 떠올랐다. 어떤 사람의 새로운 기억이 섬광처럼 떠올랐다. 아직 초능력이 연결된 것도 아닌데 말이다. 그것은 바로 내 상사의 또 다른 기억이었다.

나는 밀실에 있는 그를 보았다. 누군가를 불러서 그 낯선 자에 대해서 이야기하고 있는 장면이었다. 그것은 아주 용감한 행동이었다. 기쁨이 가득한 상태였고, 이전에 그에게서 이미 보았던 열두 개의 기억들 중 하나와 확실하게 자리가 바뀌었다. 보통 그 이미지 순서는 사람들이 용감하고 극적인 행동을 할 때마다 바뀌었다. 그 일은 그의 삶에서 아주 중요한 행동이었다.

"무슨 일이야?"

그가 이상하다는 듯 물었다.

"언론들을 부른 건 당신이었군요."

나는 확신했다.

그는 부끄럽다는 듯 나를 쳐다보았다. 그러다가 다시 얼굴이 굳어졌다.

"하지만 전혀 도움이 되지 않았어."

그가 덧붙였다.

"그들은 그 결정을 바꾸지 않을 거고, 결국엔 소년을 죽일 거야. 아마도 이미 결정한 것 같아. 그리고 나서는 소년에 관한 이야기를 꾸며대면서 언론의 확인 요청을 거부하겠지. 그리고 결국엔 외계인에 대한 소식은 사실이 아니었다고 잡아뗄 테지."

그는 다시 술을 들이켰다.

"그렇다고 생각하세요?"

내가 물었다.

"뭐가 그렇다는 거지?"

그가 대답했다.

"외계인이라고 생각하시느냐고요."

"그는 어린애야."

그가 대답했다.

"그가 지구에서 태어난 건지, 아니면 외계에서 온 건지는 모르지만, 그가 어디서 왔든 간에 그 누구도 그자를 그렇게 대할 권리는 없어."

갑자기 문 두드리는 소리가 들렸다. 상사는 일어나서 재빨리 위스키 병을 감추고 나서 문을 열었다.

다니였다. 그는 내 옆에 앉더니 뭔가가 적혀 있는 종이를 건넸다.

공연은 40분 이내에 끝나고, 대략 5분 정도 박수 치고 서로 마무리하는 시간이 있습니다.

아주 철저하게 조사한 내용이었다. 나는 그것을 다시 접어 넣고 상사를 바라보았다.

"그들이 언제 그 일을 하려고 하나요?"

다니는 이상하다는 표정으로 나를 쳐다보았다. 처음에는 나를 보았다가 재빨리 상사 쪽으로 눈을 돌렸다. 그는 뛰고 있는 경기의 점수도 모른 채 오랫동안 테니스를 치고 있는 선수 같았다.

"빠른 시일 내에."

상사가 말했다.

"그럼 만일 제가 그분들에게 그자가 외계인이 아니라 우리와 같은 사람이라고 말한다면요?"

내가 물었다.

"그렇게 해도 별로 변하는 것은 없을 걸세. 다만 그들은 정반대의 대답만 바랄 뿐이지. 하지만 억지로는 그러지 말게."

상사는 다시금 의자에 몸을 기댔다. 다시 상자를 열어서 위스키를 꺼내 마셨다.

나는 너무 괴로웠다. 붉은 비 아래에서 몸을 피하던 아버지와 소년의 모습이 떠올랐다. 물론 그자가 그 기억을 바꾸거나 지어낸 것일 수도 있지만, 어쨌든 간에 나는 그에 대해서 더 알아보고 싶어졌다.

"그를 여기에서 꺼내죠."

나는 결정을 내렸다.

상사는 고개를 젓지도, 그렇다고 내 의견에 반발하지도 않았다. 마치 내가 그렇게 말해주길 기다렸다는 듯 웃었다.

11.

원치 않는 사랑을
잃고 나서 찾기보단
그 사랑을 그대로
받아들이기

그것이 아주 복잡한 일이기에 단번에 그런 제안이 받아들여지기는 쉽지 않을 거라 생각했다. 하지만, 그 낯선 자에게는 뭔가가 있었다. 그것이 육각형의 행성에서 쏟아지는 붉은 비를 피하던 어린 소년의 눈망울 때문이었는지, 아니면 내가 에스파뇰 극장 소녀를 만나는 것이 아주 중요한 일이라고 말해주어서인지는 잘 모르겠다.

상사는 금고에서 지도를 꺼내더니 다양한 가능성을 설명하기 시작했다. 내가 소녀를 생각하는 동안 다니는 주의 깊게 그 이야기를 들었다.

나는 탈출 계획에 내 의견이 별로 중요하지 않다는 것을 이미 알고 있었다. 늘 나는 내 한계를 잘 알고 있었다. 아마도 이것이 내가 살면서 일군 그나마 큰 성과가 아닐까 싶다. 내 지식이나 흥미 부족으로 어느 수준 이상까지는 가지 못할 것을 잘 파악하고 있었다.

왜 그 낯선 자는 에스파뇰 극장 소녀가 내 인생에서 아주 중요하다고 말했던 것일까? 그들이 전략을 짜는 동안 나는 그 생각을 하고 있었다. 내가 그녀에게 왜 그렇게 강렬한 감정을 느꼈던 걸까? 그자가 그 얘기를 꺼냈을 때 두려워하지 말고 그녀에 대해 좀 더 물어보았으면 좋았으련만…….

한편 그 낯선 자에게는 매혹적인 뭔가가 있었다. 어머니가 무용을 통해 관객들을 깨웠던 그 매혹에 대한 호기심, 혹은 단순하게 그녀 앞에만 있어도 느끼게 되는 그 매혹이 떠올랐다.

다니는 전체적인 계획과 우리의 의도를 완벽히 파악할 때까지 단 한 마디도 하지 않았다.

"그런데 어디로 그를 데리고 가는 거죠?"

그가 뾰족하게 날을 세웠다.

"그러니까 만일 우리가 그를 여기서 빼낸다면 어디로 이동시켜야 하느냐는 거죠. 그들은 그를 찾을 때까지 가만있지 않을 거예요."

"우리는 그를 숨기지 않을 거야."

상사가 단호하게 말을 이었다.

"그냥 그를 놓아줄 거야."

"하지만 만일 그렇게 한다면……."

다니는 더 이상 말하기 힘든 모양이었다.

"그리고 만일 그가 외계인이라면, 우리가 감시해야 하는 거 아닌가요?"

그 순간 내가 본 걸 그에게 말해줘야 할지 망설여졌다. 붉은 비에 대해서, 그리고 육각형의 행성에 대해서 말해야 하는지 말이다. 적어도 그가 어디서 왔는지에 대한 궁금증 정도는 해소시켜줘야 하는 게 아닌가 고민스러웠다. 하지만 나는 그들의 생각이 바뀔까 봐 두려웠다.

"우리를 도와줘, 다니."

내가 말했다.

"나를 믿어."

다니는 단 한 번도 나를 실망시킨 적이 없었다. 그를 알게 된 그 순간부터 그가 나를 돕게 되리라는 것을 이미 알고 있었다.

다니는 나를 사랑하고 있었다. 나는 우리가 처음 만났을 때부터 그 사실을 알고 있었다. 어머니는 내가 어렸을 때부터 다른 사람이 느끼는 감정을 받아들이는 것이 중요하다고 가르쳐주셨다. 비록 서로가 잘 맞지 않더라도 말이다.

"그 사랑이 네가 바라던 게 아니고, 그 욕망을 서로 나누지 못한다 하더라도, 그것은 그들이 너에게 주는 큰 선물이라는 것을 명심해야 한단다."

바르셀로나와 파리를 오가는 장거리 기차 여행 중에 어머니가 하신 말씀이다.

"너에게 쓸모 있는 게 아니라고 해서 단순히 그것을 무시해서는 안 된단다."

나는 너무 어렸고 어머니의 그 말뜻을 잘 이해하지 못했다. 나는 단 한 번도 그 말을 이해한 적이 없었다. 반대로 어머니는 자신이 말했던 그 사랑의 방식대로 살아오셨다. 많은 사람들이 그녀를 사랑했다. 그녀의 춤을, 그녀가 춤추는 방식을, 사랑과 섹스를 포함한 모든 열정을 깨우는 그녀의 몸동작을.

나는 어렸을 때부터, 그녀가 사랑하는 사람들에게 어떻게 애정을 갖고 대하는지를 쭉 지켜봐왔다. 어머니는 아무것도 느껴지지 않고, 교감할 수 없는 사람들에게조차도 애정으로 대하셨다. 그래서인지 어머니가 하는 단순한 행동조차도 진심인 것처럼 보였고, 그것이 그녀를 살찌우고 더 완벽하다고 느끼게 해주었던 것 같다.

어머니를 사랑하는 사람들 중에는 여자도 있었고 남자도 있었다. 어머니에게 성별은 별로 중요하지 않았다.

"성적 성향은 신경 쓰지 말렴."

어머니는 그날 확실하게 점을 찍으셨다.

"그런 성향들은 너와 다른 것, 네가 이해하지 못하는 것들을 두려워하게 만들 뿐이야. 너에게 투영되는 감정을 그냥 받아들이기만 하면 된단다."

생각해보니 어머니는 여자와 있는 걸 단 한 번도 힘들어하신 적이 없었던 것 같다. 비록 확실한 건 아니지만 그녀는 그녀 위에 쏟아지는 그런 감정들을 이미 차곡차곡 쌓아가며 이해하셨던 것 같다. 또한, 상대가 어디 출신인지도 별로 신경 쓰지 않으셨다.

그리고 어떤 사람이 나에게 사랑의 감정을 느끼는지, 그냥 몰래 동경하고 있는지를 이해하고 구분하며 알아채는 방법을 가르쳐주셨다. 그리고 사랑이 섹스에 딱 붙어 있든지, 아니면 섹스가 사랑에 붙어 있다고 하셨다. 그래서 나는 늘 그 접합 부분을 찾아야만 했다.

"마르코스, 너를 둘러싸고 있는 사람들이 가지고 있는 양쪽 느낌의 단서를 발견해야만 한단다. 그들이 너에게 그런 감정들을 고백하기 전에, 네가 그 욕망과 열정을 앞지르는 거지. 숨겨진 욕망은 삶을 움직이게 하는 원동력이거든."

어머니가 차분히 말씀하셨다.

내 초능력은 이런 숨겨진 욕망을 발견하는 데는 전혀 도움이 되질 않았다.

어머니는 늘 나에게 뜬구름 잡기가 아니라 실제 상황들과 구체적인 느낌들을 제시해주었다. 그렇게 어머니는 그런 감정들을 구분하는 방법을 가르쳐주셨고, 어느 날 내가 다니를 본 순간 나를 향한 그의 사랑과 성적 욕망이 아주 강하다는 것을 알게 되었다.

나는 그런 강력한 감정들이 어떻게 일어나는지 전혀 몰라서 그것을 다스리는 방법도 당연히 몰랐다.

"사랑과 섹스가 비현실적으로 멈춰버린다면 사람이 느끼는 기쁨이 고통으로 변할 수도 있단다. 너에게 아무런 의미가 없는 사랑을 얻게 되는 것은 사랑을 잃어버리는 것과는 또 다르단다. 왜냐하면, 네가 이해하지 못한 뭔가를 잃어버렸다면 결코 그것을 다시 갖지 못하게 될 거니까. 정말 끔찍한 일이지."

나는 어머니가 자신에게 정신적인 사랑을 주었던 사람들 중 단 한 명도 잃지 않았다고 확신한다. 왜냐하면 그녀는 자신만의 방식으로 늘 그들을 사랑했기 때문이다. 그것이 어머니를 아주 강하게 만들어주었던 것 같다.

"좋아요. 도와드리죠."

다니는 내 부탁에 응했다.

상사는 안도의 한숨을 쉬었다. 그는 다니의 도움 없이 이 계획이 정말 힘들 거라고 생각했다. 나는 다니가 나에 대해 품고 있는 감정들 때문에 나를 돕는 것은 아니란 걸 알고 있었다. 그가 나를, 내 직감을 믿고 있었기 때문이다.

"저는 지금 에스파뇰 극장으로 가야 해요. 그자를 꺼내게 되면 전화로 알려주세요."

내가 말했다.

순간 다니 못지않게 상사도 아주 혼란스러워하는 것 같았다.

"지금 극장으로 간다고?"

상사가 너무 놀라 하며 물었다.

"지금 가서 누군가를 붙잡아야 해요."

내가 설명했다.

"하지만……."

상사는 정말 뭔가에 홀린 사람처럼 얼빠진 모습이었다.

"꼭 가야만 해요. 정말 중요한 일이거든요. 그리고 저는 여기서 그자를 어떻게 꺼내야 할지도 전혀 모르잖아요. 여기서는 당신들이 전문가이고 정말 잘해낼 거라 믿어요."

이것도 어머니가 가르쳐주신 것 중 하나이다. 나에게 있는 결점을 가지고 있지 않은 사람들을 믿어야 한다는 것. 그것이 진정한 재능의 기반이 된다고 하셨다. 어머니가 모든 종류의 춤에 관한 한 너무 훌륭해서 굳이 연습을 하지 않아도 되는 것 같은 수준의 재능 말이다.

나는 그 자리에서 벌떡 일어났다. 그들은 여전히 이 상황을 받아들이지 못했다. 하지만 나는 상사가 자신의 경력에 먹칠하는 한이 있어도 그를 이곳에서 탈출시킬 거라는 것을 알고 있었다. 반대로 다니는 어느 정도 위험에 처하게 되었고, 스스로도 100퍼센트 확신하지 못하는 상태였다. 나는 그의 의식이 안 좋았던 과거를 건드릴 거란 것도 알고 있었다. 의식이란 아주 위험한 것이다.

"그렇다면, 우선 3층에 가서 보안 책임자를 만나보고 가게."

상사가 내게 명령했다.

"왜죠?"

내가 물었다.

"상황이 꼬이게 될 경우를 대비해 그를 설득할 만한 카드를 쥐고 있어야 할 것 아닌가. 자네가 초능력을 좀 써보고 뭔가 나타나면 말해주게나."

나는 그러고 싶지 않았다. 상사는 한 번도 내게 그런 비윤리적인 행동을 요구한 적이 없었다. 남을 협박하기 위해 초능력을 사용하는 것은 그도, 내 양심도 허락하지 않는 일이었다.

나는 그것을 하지 말아야 한다는 것을 잘 알고 있었다. 하지만 그 역시도 언론에 연락하지 말아야 한다는 것을 알고 있었고, 다니도 우리를 돕는 일을 수락하지 말아야 한다는 것을 알고 있었다. 이미 모두가 도덕적인 규범을 살짝 넘어섰다. 왜냐하면 이런 절망적인 상황에는 절망적인 행동이 필요하다는 것을 우리는 매우 잘 알고 있기 때문이다.

"네, 만나볼게요."

나는 방을 나서며 말했다.

12.

엄청난 고통을
참고 있는
이상한 사람

나는 단 한 번도 3층에 올라가본 적이 없었다. 그 구역은 아예 통행이 금지되어 있기 때문이다. 그렇지 않다고 해도 거기서 무슨 일이 벌어지고 있는지 별로 관심이 없었다.

한편, 3층에 있는 이 보안 책임자가 살아가면서 수상쩍은 행동을 안 했길 바랐다. 그리고 만일 안 좋은 행동을 해서 내가 뭔가를 발견하더라도, 내가 알아낸 정보를 사용하지 않고 그 소년을 꺼내는 방법을 찾길 바랐다.

하지만 상사는 이미 내 초능력에 많은 기대를 걸고 있었다.

드디어 엘리베이터가 3층에 다다랐다. 보안 책임자는 복도 끝에서 담배를 피우고 있었다. 나는 그에 대해서 아는 게 제대로 없었다. 그냥 젊은 남자이고 대략 서른 살쯤 되었으며 그의 부모가 브라질 사람이라는 정도만 알고 있었다. 그가 왜 자신을 프랑스 인이라고 생각하는지는 모르겠지만. 아, 언젠가 그의 친가 쪽 할아버지 할머니가 프랑스 인이었다는 소리를 언뜻 들은 적이 있는 것도 같다.

나는 그에게 다가가는 동안 시계를 쳐다보았다. 연극에서 샐러리맨이 자동차 사고로 죽기 전에 산타아나 광장에 도착해야 하는 터라 여기서 많은 시간을 낭비할 수가 없었다.

보안 책임자는 나를 물끄러미 쳐다보았다. 그에게 다가가기까지 서른 걸음 정도가 남았다. 그는 아무 말도 하지 않았다. 멀리에서 바라보면서도 말을 건네기는커녕 인사조차 하지 않았다. 그는 마치 나를 보지도 못했다는 듯 덤덤히 기다리고 있었다. 그런 그의 태도는 그가 어떤 부류의 사람인지를 말해주었다. 그는 세 번이나 바닥을 내려다보았고, 다시 창문을 바라보며 담배를 피웠다.

나는 그에게 다가갔다.

"안녕하세요, 저를 기억하시는지 모르겠네요. 저는……."

"누구신지 알죠. 초능력의 사나이 아니세요."

그는 냉소적인 웃음을 띠며 대답했다.

나는 이런 웃음이 정말 싫다. 그래서 나도 그에게 짧게 대답했다.

"맞아요, 그런 사람이죠."

"그런데 오늘은 초능력이 외계인에게 별로 안 먹혔다면서요."

그가 말했다.

"게다가 놀라신 것 같다고 하던데."

그의 눈빛은 도전적이었다.

나는 그런 그의 눈빛이 정말 마음에 들지 않았다. 그는 나를 믿지 않았다. 분명히 그랬다.

"당신 어머니가 아주 유명한 발레리나셨다던데, 맞죠?"

냉소적인 웃음이 다시 그의 얼굴에 드러났다.

그가 나에 대해 조사했다는 것을 알고 있었다. 그런 그의 질문은 자신이 힘이 있다는 것을 과시하기 위한 것일 뿐 다른 의도는 없었다. 그의 이런 거만한 성품과 잘난 척은 내가 찾던 것을 더 쉽게 발견하게 해주었다. 그렇다고 이런 내 행동이 윤리적인 걸로 변하는 건 아니지만.

"네, 맞습니다."

나는 이어 담담하게 대답했다.

"어제 돌아가셨죠."

순간 그가 침을 꿀꺽 삼켰다. 그날에 대한 조사는 하지 않았던 모양이었다. 그가 "유감입니다"라고 말했던 것 같다. 아주 들릴락 말락 한 소리이긴 했지만. 그가 이 두 단어를 큰 목소리로 내본 적이 단 한 번도 없었으리라고는 생각지 않았다.

어머니는 늘 내게 "유감입니다" 또는 "죄송합니다"라고 말하지 않는 사람들은 믿을 수 없다고 가르치셨다. 어머니는 이런 표현들은 살면서 수없이 해야 하고 두려움이나 부끄럼 없이 해야 하는 말이라고 하셨다.

그의 전화기 벨이 울렸다. 그는 전화 건 사람이 누군지 살폈다.

"이런, 빌어먹을 신문기자들이 죄다 망쳐놓겠군."

그가 화를 내며 말했다.

"뭘 망쳐놓는다는……?"

내가 슬쩍 물어보았다.

그는 화가 난 얼굴로 나를 물끄러미 쳐다보았다.

"그자를 믿지 마시라고요. 그자가 10대 소년이고 친근해 보인다고 해서 실제로도 그럴 거라고는 믿지 말라고요."

그가 말했다.

"저도 심문을 했어요. 뭐 나한테 초능력이 있는 건 아니지만. 그 녀석이 당신을 대하는 게 그놈의 본모습은 아니라고 말해주고 싶군요."

"그걸 어떻게 알죠?"

나는 캐물었다.

"고통 때문이죠. 그런 고통을 참을 수 있는 사람은 지구 상에 단 한 명도 없으니까요."

그는 나를 없는 사람 취급하며 담배를 한 개비 더 꺼내 물고는 불을 붙였다. 갑자기 사진 속에서 낯선 소년을 취조하던 곳 주변에 떨어져 있던 담배 흔적이 퍼뜩 떠올랐다. 내가 사진 속에서 보았던 모든 학대가 내 앞에 있는 저 인간의 작품이었던 것이다. 그것이 그가 정보를 모으는 기술이었던 것이다.

초능력을 쓸 준비도 안 됐는데 그를 보니 구역질이 났다.

"설령 그자가 다른 별에서 왔다고 해도 그게 무슨 상관이죠?"

나는 그의 태도에 신물이 나서 화를 내며 말했다.

"그에게는 자신이 어디서 왔는지 설명하지 않아도 될 권리마저 없는 거냐고요?"

그가 나를 이상하게 쳐다보았다. 내가 한 말이 별로 마음에 들지 않은 눈치였다. 그는 내게 뭔가에 대해 질문하고 싶어 했다. 내가 정말로 원하는 게 뭔지, 모든 카메라와 마이크가 꺼지고 나서 그자와 무슨 이야기를 나누었는지 매우 궁금해하는 것 같았다. 하지만 그는 담배를 한 모금 빨고 나서 이렇게 말했다.

"없죠, 권리는 무슨."

살면서 나에게 이런 영화 같은 일이 벌어질 거라고는 상상도 못 했다. 하지만 실제 낯선 자가 나타났고, 우리는 그저 그자가 누구인지, 무슨 의도를 가졌는지 고백하기만을 바랐다.

따지고 보면 그렇게 이상한 일도 아니었다. 우리나라에 불법으로 들어온 다른 나라 사람들에게도 그렇게 잔인하게 대하고 있는데, 다른 별에서 불법으로 온 외계인에게 그렇게 하지 못할 게 뭐 있느냐는 것이었다.

"뭐 더 하고 싶은 말이 있으신가요?"

대화를 마무리 짓고 싶었는지 그가 내게 물었다.

"없어요. 상사를 찾고 있었는데, 보아하니 여기엔 안 계신 것 같군요."

나는 거짓말을 했다.

"여기 안 계세요. 당신의 그 짜증 나는 초능력을 가지고 이만 사라져주시죠."

나는 떠나기 전에 재빨리 초능력을 켰다. 그의 눈을 바라보자 그의 살아 있는 감정들이 순식간에 모조리 내게로 전달되는 것이 느껴졌다.

그의 안 좋은 감정들은 정말 끔찍할 정도였다. 그의 삶에는 악행이 가득했다. 그의 기억 중 가장 최악인 것은 후미진 지하실 감방에 있던 수감자를 냉정하게 살해한 것이었다. 하지만 어디서, 언제 일어난 일인지는 물론 피해자의 얼굴 역시 알 수 없었다. 그저 고통과 비명이 가득한 끔찍한 상황이었다는 사실뿐. 하지만 그 장면이 상사가 약점으로 잡을 만한 범죄였는지는 분명하지 않았다. 게다가 어쩌면 그것은 합법이었을 수도 있다.

또 다른 양극단에 있는 장면을 보니, 그의 가장 큰 열정은 총기와 관련 있었다. 하지만 그것은 내 상사가 활을 쏠 때 느끼는 행복과는 완전 다른 종류였다. 그는 안전한 방법으로, 동물들이 뒤돌아보고 있을 때 총을 쏘는 것을 좋아했다. 그럴 때 엄청난 행복을 느끼고 있었다. 참 이상한 유형의 행복이었다.

긍정적인 부분에 있는 이미지들 중에서는 오랫동안 그를 흔들어놓았던 두 여자와의 관계가 보였다. 그는 그녀들을 미치도록 사랑했지만 결국 그 둘은 서로 다른 시기에 그를 버리고 떠났다.

드디어 다섯 번째 칸에서, 상사가 필요로 하는 기억을 발견해냈다. 사람들이 그에 대해 몰랐으면 하는 것이었다. 그리고 그 기억은 노상 그렇듯 최악의 장면도, 그렇다고 최고의 장면도 아니었다. 실제로 양극단에 있는 장면들은 별로 도움이 안 되었다. 열쇠는 대부분 다섯 번째나 여섯 번째 부근에 있었다.

나는 그 자리를 떠났다. 그 장면들은 내가 방향을 돌리기 전 몇 초, 그가 담배를 피우고 있던 바로 그때 내 눈에 들어왔다. 비록 현실에서는 단 몇 초였지만, 그의 전 생애가 내 눈앞에 지나갔다.

나는 엘리베이터에 올랐다. 주차장으로 내려가면서 시간을 다시 확인했다. 택시를 불러 여기까지 오게 하자니 너무 늦을 것 같았다. 그래서 내 페루 친구에게 에스파뇰 극장까지 데려다 달라고 부탁했다. 그는 흔쾌히 내 요청을 들어주었다.

여전히 그의 차 안에서는 크랜베리스의 노래가 흘러나왔다. 그의 치아는 여전히 빛나고 있었다.

지금 건물 안에서 수많은 일들이 벌어지고 있다는 것이 감지되었다. 다시 돌아와서 본 사람들은 내가 도착했을 때 보았던 사람들과는 또 달랐다.

살면서 예기치 못한 순간에조차 이렇게 수많은 변화가 일어나다니 정말 놀랍다. 어머니는 누군가의 삶이 아주 극적으로 변하는 광경을 지켜보고 싶다고 하셨다.

"그가 외계인이던가요?"

우리가 그 건물을 뜨자마자 페루 친구가 내게 물었다.

"네."

나는 짧게 대답했다.

내가 처음으로 사실을 인정한 순간이었다. 그가 믿고 있었던 것이 사실이었다. 게다가 나는 그 순간 처음으로 다른 별에서 온 누군가의 조언을 그대로 따르고 있다는 것을 깨달았다. 그가 말한 그녀에 대한 이야기가 사실이 아닐지도 모르지만 확인은 해봐야 했다.

비록 다른 말로 표현하긴 하셨지만 어머니는 사랑과 섹스에 대한 모든 충고는 가치가 있다고 하셨다.

"사랑과 섹스는 아주 진기한 것이라서 틀림없이 네가 해야 할 일들에 대한 열쇠를 쥐고 있을 거야."

13.

화폭 없이 꿈꾸고,
물감 없이 그리기

산타아나 광장으로 돌아오는 동안 그녀가 떠났을까 봐 너무 초조했다.

　나는 쉴 새 없이 시계를 들여다보았다. 하지만 내가 늦게 도착하지 않을 거라는 것을 알고 있었다. 나는 우선 산타아나 광장에서 해야 할 일이 무엇인지 페루 친구에게 말해주었다. 도착해야 할 시간을 말해주면서 액셀러레이터를 좀 더 세게 밟아달라고 부탁했다. 하지만 그는 그러고 싶어 하지 않았다. 심각한 사고를 방지하기 위해서는 속도제한을 지켜야 한다며 거절했다. 그도 그럴 것이 내가 그와 다닐 때는 시속 30킬로미터를 넘어본 적이 없었다.

　나는 그의 시민 정신에 놀랐고 그의 뜻을 존중하기로 했다.

나는 그에게 라디오를 켜달라고 부탁했다. 뉴스가 어떻게 돌아가고 있는지 알고 싶었다.

나는 창문을 내렸다. 정말 무더운 밤이었다. 그 순간 로런스 캐스단 감독의 〈보디 히트〉라는 길고 지루한 영화가 떠올랐다. 한 경찰관이 "정말 너무 덥네. 사람들이 규율이고 뭐고 없다고 생각하면서 다 어기고 망가뜨리며 다닐 정도라니까" 하고 말할 정도로 질식할 것 같은 여름이 지나가고 있었다.

그가 크랜베리스 음악을 껐다. 그 순간 뉴스가 물밀 듯이 밀려 들어왔다. 그 사이에 사건이 완전히 뒤집혀 있었다. 그들은 언론의 보도 내용이 허위이고 과장되었다며 공식적으로 그 사실을 부인하고 있었다. 이로써 모든 사실이 축소 은폐되었다. 그 뉴스를 듣는 페루 친구의 얼굴은 알 수 없는 한 편의 시가 되었다. 그들은 일 처리를 아주 잘하고 있었다.

외계인에 대한 소식은 산소가 모자란 채로 있다가 서서히 죽어갔다. 어머니는 애인들에 대한 이야기나, 안하무인으로 일하는 방식(비록 그것이 사실이기는 했지만), 그리고 죽음에 대한 별별 유언비어를 다 달고 사셨다.

어머니가 살아 계셨을 때도 그 소문들은 한 네 번 정도 어머니를 죽였던 것 같다. 어머니는 늘 그것들이 그녀를 더 젊게 만들어준다고 했다. 그리고 그것들이 어머니 삶의 균형을 잡아주는 데 도움이 되었다고 하셨다.

하지만, 동시에 그런 소문은 살아 있는 채로 시체 부검을 당하는 기분이라고 말씀하시곤 했다. 어머니는 시체 부검을 당하는 게 그런 느낌일 거라고 철석같이 믿고 계셨다.

내가 열여섯 살이 되던 해에 어머니는 성적인 정밀 검사에 대해 말씀해주셨다. 그리고 5년마다 스스로에게 그런 정밀 검사를 해주는 게 좋을 거라고 하셨다.

이 검사를 할 때 우리는 그저 아주 평온한 상태로 있으면 된다. 그러면 누군가가 우리의 몸 중 어디가 어루만져지지 않았는지를 말해주게 될 것이다. 예를 들면 우리가 몇 번의 입맞춤을 받았는지를, 그리고 뺨이나 눈썹, 귀나 입술 중 어디에 키스를 받는 것을 더 좋아하는지를 알아보는 것이다.

이것은 우리의 성에 대한 모든 법칙과 관련된 정밀 검사이다. 받는 사람은 고정된 상태, 즉 움직임 없는 상태로 있어야 한다. 하지만 꼭 살아 있는 채로 받아야 하는 검사이다.

어머니는 누군가의 손만 딱 보고도 그 손이 무엇을 열정적으로 만지는지, 아니면 그냥 습관적으로 뭔가를 만지작거리는 건지 알아보는 것을 좋아하셨고, 그런 상상을 하는 걸 즐기셨다. 우리의 눈이 욕망에 이글거려 뭔가를 바라보는지, 우리의 혀가 많은 동료들 사이에 이미 알려졌는지를 말이다.

또한, 우리는 검사를 통해 최고의 성적 행위가 어떤 것이었는지도 알 수 있을 것이다. 이것은 마치 그루터기만 보고도 그 나무가 언제 호우나 가뭄을 견뎠는지를 아는 것과 같다. 그 최고 상태가 열일곱 살 아니면, 서른 살, 또는 마흔일곱 살이 될 수도 있다. 또한, 늘 봄에만 그랬을 수도 있고, 아니면 늘 바다 근처에서만 그랬을 수도 있다.

얼마나 많은 키스를 하고, 얼마나 많이 밀어를 속삭이며, 얼마나 많이 느꼈을까? 그 검사는 우리의 섹스나 음탕함, 고독을 즐기는 것에 대한 횟수를 세보는 것이다.

그리고 어머니 말씀에 따르면, 그 검사의 가장 좋은 점은 그런 정밀 검사를 끝냈을 때 우리가 살아 있음을, 서로를 좀 더 어루만져줄 수 있게 되었음을, 우리가 더 원하고 사랑하며 사랑받을 수 있음을 알게 되는 것이라고 한다.

나는 한 번도 이런 식의 정밀 검사를 받아본 적이 없었다. 무슨 결과가 나올지 두렵기도 했다. 다른 사람의 입에서 나오는 소리를 듣기 위해서는 엄청난 용기가 필요하다. 비록 이런 능력이 있는 사람이 존재하는지는 잘 모르겠지만.

하지만 그런 분이 바로 나의 어머니셨다. 나는 섹스에 대한 그림에 대해 다시 생각해보았다. 벌써 완성되었어야 했지만 어머니와 나에게 그 3부작 그림은 여전히 미완성으로 남아 있었다.

내가 온 힘을 쏟아 그림을 그렸던 그때, 나는 늘 그란비아 거리의 발베르데 길가에 있는 구멍가게에 들르곤 했다. 대략 90살 정도 돼 보이는 캐나다 출신의 노인이 운영하는 가게였는데, 나에게만은 늘 특별가를 적용해주었다.

내가 그림에서 손을 놓은 지도 거의 2년이 지났다. 나는 이제까지 보냈던 시간들을 생각해보았다. 이때가 그 생각을 하기 가장 적절한 시기였다. 만일 시간이 더 지났더라면 못 했을지도 모른다. 만일 내 상사와 다니가 낯선 소년을 거기에서 탈출시키는 데 성공한다면 모든 계획이 또다시 복잡해질지도 모르겠다.

"그란비아 거리의 발베르데 길 쪽으로 지나가주시겠어요?"

나는 페루 친구에게 부탁했다.

"금방 가겠습니다."

그는 기꺼이 승낙했다. 운전 경로가 바뀌었는지 눈치도 못 챌 정도로, 어느새 방향이 달라져 있었다.

나는 에스파뇰 극장에 있는 소녀를 생각했다. 그녀를 만나면 무슨 말을 해야 할지, 그녀가 이런 이상한 만남을 어떻게 바라볼지, 나를 미쳤다고 생각하지는 않을지, 아니면 그저 섹스 상대로 자신을 본다고 오해하지는 않을지 머릿속이 혼란해졌다.

그 순간 전화벨 소리가 나를 현실로 되돌려놓았다. 상사였다.

"그 사람에 대해서 뭐 알아낸 게 있나?"

그는 꾸물거림 없이 바로 물었다.

나는 이 정보가 필요 없기를 바랐다. 내 입 밖으로 내기도 싫은 내용이었다. 나는 운전기사에게 어두운색 칸막이로 된 창문을 올려달라고 부탁했다. 물론 그가 내가 말한 것을 들을 수도 있다는 걸 잘 알고 있지만.

"정말로 그걸 아셔야겠습니까?"

나는 조심스럽게 물었다.

"계획이 틀어져서 그자를 다른 건물로 옮겨야 할 것 같네. 그 사람이 우리를 도와주게 할 뭔가가 필요해. 그자에게서 꼬투리 잡을 만한 게 있던가?"

"네, 있습니다. 그런데 정말 말하고 싶지 않습니다."

나는 이 대답을 하는 데만도 수십 초가 걸렸다.

"마르코스, 안 그러면 그 소년을 잃게 될 거야."

상사는 강력하게 우겼다.

"만일 자네가 본 걸 말해주지 않으면 계획이 다 수포로 돌아가게 되네. 언론에서는 그를 찾아낼 때까지 멈추지 않고 달려들 걸세. 그러면 우리의 계획을 실행하기도 전에 다 끝나. 나도 이렇게까지 하고 싶지는 않았지만 별다른 방도가 없어서 그래."

"그 사람은 어린 소녀들의 벗은 사진을 가지고 있어요. 대략 두 살에서 다섯살이죠."

나는 어쩔 수 없이 실토했다.

"그는 그 사진을 시도 때도 없이 꺼내 보는데, '첨부2'라는 이름의 파일에 그것들을 숨겨놓았어요. 그건 '첨부'라는 서랍에 있는 또 다른 파일 안에 들어 있습니다."

나는 아무런 느낌도 들지 않았다. 상사도 아무 말 하지 않았다. 그저 침묵 속에서 이 말을 흡수하고 있을 뿐이었다.

바로 그 순간 그란비아의 발베르데 부근에 차가 멈춰 섰다.

나는 차에서 내렸다. 마치 이미 존재하지 않는 것을 기억해내려는 사람처럼 가게의 간판을 물끄러미 바라보았다. 다정하고 아담한 구멍가게가 있었던 이곳에 지금은 수많은 꿈들 중 하나가 자리 잡고 있었다. 이곳 장사가 호황을 누리고 있다는 소식은 벌써 들었다.

잠자기를 포기한 사람들은 자고 꿈꾸는 것을 그리워한다. 목요일마다 포커를 치던 나의 광장 친구는 수백 번도 더 꿈을 꾸도록 시도해보았다고 했다. 원하는 주제가 있으면 요청할 수도 있다고 했다. 자는 것과 비슷한 효과를 얻을 수 있는 최면 기법을 통해서 그가 원하는 꿈을 들려줄 거라고 말이다.

사람들이 꿈꾸기를 간절히 원하게 되었다는 것은 정말 이상한 노릇이다. 우리는 늘 잃어버린 것을 더 높게 평가하는 경향이 있다.

나는 상점 안으로 들어섰다. 그 가게 안이 어떻게 변했는지 알고 싶었던 것 같다.

문을 열고 들어서자 작은 종소리가 가볍게 울려 퍼졌다. 이전과 같은 소리였다. 나는 정말 반가워서 순간 멈춰 섰다. 이전부터 알고 있던 익숙한 소리가 나를 반겨주고 있었다.

몇 초 후에 나이가 지긋한 캐나다 주인장이 나타났다. 그가 나를 보자마자 금방 알아봐줘서 매우 놀랐다.

"아니, 이게 누구신가요. 정말 오랜만이네요."

그가 말했다.

"그동안 영감이 떠오르지 않으셨던 건가요? 아니면 자신을 잃어버리셨던 건가요?"

그는 나를 꼭 안아주었다. 나는 그가 모르는 사람과 하는 규칙을 건너뛰어줘서, 그러니까 내게 손을 내밀지 않아줘서 매우 고마웠다. 우리는 단번에 아주 가까운 친구가 되어버렸다.

"이제 더 이상 캔버스는 팔지 않아요."

그는 포옹한 채 말을 이었다.

"지금은……."

"캔버스가 아닌 꿈을 팔고 계시는군요."

나는 그의 말을 이어 받았다.

그는 한바탕 웃었다. 그의 웃음은 여전히 순수 그 자체였다.

우리 사이에는 수십 년이 흘러도 사라질 수 없는 그 무언가가 있었다.

"다시 그림을 그리고 싶어졌나요?"

그가 물었다.

"네."

그가 내 대답에 놀랄 거라는 걸 알고 있었다.

"머릿속에 옛날 생각들이 밀려오면서 다시 재료가 필요해졌어요."

"구상이 떠오르면 재료를 갖추는 게 중요하긴 하죠. 잠은 좀 잤나요?"

나는 웃었다. 그에게 주사기를 보여주었다.

"이걸 손에 넣는 데 시간이 좀 걸렸어요. 잠자는 걸 막 그만두려는 찰나예요."

내가 콕 집어 말했다.

그는 나에게 자리를 내주었다.

나는 시계를 보지 않았다. 시간이 없다는 건 이미 알고 있었다. 하지만 그의 친절을 뿌리칠 수가 없었다. 그는 마치 나를 기다리고 있었다는 듯이 책상 위에 있던 포도주를 한 잔 권했다. 그 곁에 팔걸이의자가 눈에 띄었다. 나는 그곳에서 손님들이 잠깐 쉬었다 가는 장면을 상상했다.

잠을 포기한 사람들이 모두 자신의 침대를 내다 팔 거라고 예상했던 사람들의 말이 떠올랐다. 하지만 실제로 그런 일은 일어나지 않았다. 침대는 사람들의 삶 속에서 아주 많은 역할을 수행하고 있었다. 그 위에서 사랑을 하기도 하고 눈을 뜬 채로 휴식을 취하기도 하며 그냥 드러누워 있기도 하고 그 위에서 살기도 하고…… 오히려 여느 때보다도 더 많은 침대가 팔려나갔다.

"부디 당신은 잠을 포기하지 마세요."

그가 말했다.

"저는 인간이 할 수 있는 안 좋은 일들을 많이 봐왔죠. 그런 일들을 저지른 사람들은 꿈꾸기를 동경해요……. 그리고 그들은 자신들이 보낸 하루를 지워줄 수 있는 뭔가를 간절히 원하죠. 그들이 끔찍한 하루를 보내고 얼마나 좌절하는지 모를 거예요. 당신이 상상할 수 없을 정도로 최악의 것들로만 가득한 날들도 있죠. 그런 날에 대해 말하려면 끝이 없어요. 밤과 낮이 별차이도 없고요. 단지 몇 시간뿐이라도, 그들은 화를 내고, 다른 사람이 되고 싶어 하며, 현실과의 단절을 원해요. 여기에 찾아오는 사람들은 꿈을 찾으려고 오는 게 아니에요. 그저 그런 하루와 한 달의 순간들이 잠시라도 곁에서 사라지길 바랄 뿐이죠. 당신은 절대 그러지 마세요……."

밖에서 자동차 경적 소리가 울렸다. 페루 친구는 내가 산타아나 광장에 시간 맞춰 가야 한다는 사실을 알고 있었다. 하지만 나는 그 소리를 듣고 안절부절 어찌할 바를 몰랐다.

"그러면 그 꿈은……."

나는 어떤 질문을 해야 할지를 아주 신중하게 생각했다.

"그렇다면 당신은 그들이 꿈을 꾸도록 해주실 수 있는 건가요? 그리고 꿈을 꾸다가 멈추게 할 수도 있으신가요?"

나는 그의 왼손을 잡았다. 그의 손바닥 감촉이 느껴졌다. 수십 년 전부터 그를 알아왔지만 한 번도 이렇게 손을 만져본 적이 없었다.

그는 오른손으로 내 눈을 가렸다.

"오늘은 꿈을 꾸셨네요……. 사슴과 독수리가 나오는……. 제 말이 맞죠?"

갑자기 심장이 뛰고 식도가 뒤틀리기 시작했다. 그의 말이 딱 맞았다. 도저히 믿을 수가 없었다.

"아니, 어떻게……?"

나는 너무 놀라서 물었다.

그는 아무 말도 하지 않았다. 누군가 내 초능력에 대해서 비슷한 질문을 하면 나 역시 아무런 대답도 하지 않는다. 그는 일어나서 선반 쪽으로 갔다. 그러고는 포장해놓은 캔버스를 꺼내서 내게 건네주었다.

"아직도 가지고 계실 거란 생각은 안 했어요."

나는 놀라 말했다.

"새로운 사업을 하더라도 이전의 흔적들이 한두 개쯤은 남아 있기 마련이죠."

그가 웃었다.

"물론 주인이 누군지는 상관없고요."

"그러면 혹시 제 그림들도 아직 가지고 계신가요?"

내가 물었다.

그는 고개를 좌우로 흔들었다. 그 사실을 직접 확인하고 나니 고통스러웠다. 그는 내 3부작 중 첫 두 점을 가지고 있었다. 내가 그것들을 보여주었을 때 그가 아주 마음에 들어 해서 선물로 주었다. 내가 그것을 절대 펼쳐보지 않을 거란 생각이 들었기 때문이다. 나는 그림을 바라보는 그만의 방식이 좋았다. 그때는 그 그림들이 빛을 발할 수 있도록, 그것들을 사랑해줄 만한 완벽한 양부모가 필요했다.

"그 그림들을 당신 어머니께 드렸어요. 제가 거절하지 못할 정도로 어머니께서 정말 간곡하게 원하셨거든요."

나는 도저히 그 말을 믿을 수가 없었다. 어머니는 단 한 번도 내게 그런 사실을 말해주신 적이 없었다. 어머니가 내 그림을 좋아하는 줄은 알았지만 갖고 싶어 할 정도라고는 상상도 못했다. 어머니는 늘 나에게 조언을 해주셨다. 그리고 내가 추구했던 것들을 마음에 들어 하셨고 흥미롭게 바라보며 애정을 보여주셨다. 그러긴 하셨지만, 당연히 시간이 지나면 별로 그것을 보고 싶어 하지 않으실 거라고 생각했다. 게다가, 어머니는 한 번도 그 그림을 어떤 고정된 장소에 걸어두신 적이 없었다.

나는 지갑을 꺼냈다. 그는 지갑 위에 손을 재빨리 올리며 내가 지갑을 여는 것을 막았다. 나는 다시금 그의 손길을 느꼈다.

"선물로 드릴게요, 마르코스."

그가 작은 소리로 말했다.

"단, 제 말을 믿으시고 절대 잠자는 걸 포기하지 마세요."

이번에는 내가 그를 살며시 안아주었다. 그는 감사하게 내 포옹을 받아들였다. 나는 그 자리를 떴다. 자동차에 들어가 앉자, 뭔가 조금 더 마무리가 된 것 같은 느낌이 들었다. 나는 내가 캔버스를 곁에 두고 싶어 한다는 것을 알고 있었다. 하지만, 내가 그 마지막 그림을 그리게 될 줄은 몰랐다.

그 캐나다 노인이 말한 것처럼, 영감을 위해서는 재료가 필요하다.

우리는 산타아나 광장으로 차를 돌렸다. 3분만 있으면, 관객들이 현실 세계로 되돌아오게 된다. 운전기사는 속도를 내기 시작했다.

14.

인생이란
문손잡이를 돌리며
오가는 것

나는 연극이 끝나기 바로 2분 전에 에스파뇰 극장에 도착했다. 모든 극장 문이 활짝 입을 벌려 밖으로 나오는 사람들을 맞을 준비를 하고 있었다. 그녀가 이 나무 손잡이를 벌써 만진 것은 아닐까 하는 생각이 들자 점점 초조해졌다.

나는 차에서 내렸고, 페루 친구는 테라스 옆 골목에 차를 주차했다. 나는 극장 정문 바로 옆에 자리를 잡았다.

얼마 멀지 않은 곳에 한 서른 살쯤으로 보이는, 선글라스를 낀 남자가 서 있었다. 왜 그가 나를 염탐하고 있다는 느낌이 들었는지는 모르겠다. 외계인과 소아 성애증을 가진 보안 담당자를 한날 동시에 알게 된 여파가 아닌가 하는 생각이 들었다.

선글라스를 낀 그 남자 역시 문 쪽을 주시하고 있었다. 그는 나보다 더 초조해 보였다.

은색으로 도금한 무대 위에서 배우들이 나지막이 중얼거리는 소리가 들렸다. 연극 공연 마지막에 퍼지는 소리는 공연 처음 몇 초 내에 이미 만들어진 거라고 어머니는 늘 말씀하셨다.

그건 마치 피라미드를 세우는 것과 같다. 기초가 튼튼하지 않으면 어떤 특별한 방법을 써도 절대 마지막 돌을 올려놓을 수 없는 것이다.

어머니는 늘 수많은 극장에서 분명하게 나타나는 침묵의 두께에 대해 말씀해주셨다. 그러고는 수많은 극장의 마지막 관람석에 앉아 직접 생생하게 보여주셨다.

어떤 곳에서는 열정 없이 집중하는 것과 맞먹는 2센티미터 두께의 침묵이 있었다. 물론 더 두꺼운 것도 있다. 대략 40센티미터 정도 되는 침묵인데, 그것은 연기자를 꿰뚫고 가는 것으로 그 정도의 침묵이 깔린 극장에서는 아주 충만한 마법을 느끼게 된다.

그리고 99센티미터의 침묵도 있다. 이것은 모든 관객이 한 소리로 3중 미소를 날리는 경이로운 순간이다. 소리가 울려 퍼지고, 관객들이 듣고, 그것을 체험하며 느끼는 바로 그 순간에 흐르고 있는 침묵이다. 관객의 모든 의식이 사라지는 순간, 어떤 문제든 잊게 되는 바로 그때, 그리고 뇌가 걱정하는 소리를 내 보내는 것을 저지하는 순간이다. 바로 최고의 침묵을 만들어내는 순간들이다.

생각을 멈추면 모든 것이 한순간 침묵이 된다. 그날 밤, 나는 그곳에서 34센티미터의 침묵을 느꼈다. 어머니의 습관이긴 했지만 나는 아직도 그것을 재보곤 한다. 기다리는 시간이 길어지자 나는 극장 안 침묵의 두께가 두꺼운지 알아보기 위해 안으로 들어가보기로 했다. 물론 그녀를 보기 위해서이기도 했다.

그곳에는 지키는 사람이 아무도 없었다. 연극이 시작할 때와 끝나기 딱 15분 전에 사람들이 안으로 들어가는 것을 막으려고 준비하고 있는 곳. 하지만 원래 그런 의도와는 달리, 극이 끝나면 관객들이 빨리 밖으로 나오게 하려고만 노력하지, 그 사이 안으로 들어가려는 것은 아무도 막지 않았다.

나는 중앙 문을 통과해서 극장의 현관으로 들어섰다. 마치 정신이 빠져나간 것 같았다. 나는 은도금이 된 로비와 연결되어 있는 문 쪽으로 향했다.

이상하게도 그 문의 손잡이는 낯선 자가 잡혀 있던 그곳의 것과 똑같았다. 문손잡이를 돌리면 전혀 다른 세상 속으로 들어가게 된다는 것을 이미 알고 있었으면서도, 그때와 똑같은 긴장감이 맴돌았다.

그 누구도 문 뒤에서 무엇과 마주하게 될지 알지 못할 것이다. 아마도 삶이란 이런 게 아닐까. 문손잡이를 돌리는 것.

나는 문손잡이를 돌렸다. 침묵, 42센티미터 두께의 침묵이 갑자기 나를 뚫고 지나갔다.

샐러리맨의 가장 친한 친구가 장례식에서 마지막 독백을 하고 있었다.

"아무도 그를 탓할 수 없을 겁니다. 여러분은 그를 이해하지 못했어요. 윌리는 용감했어요. 세일즈맨에게 인생의 밑바닥이란 있을 수 없어요. 당신들에게 법에 대한 정보를 주는 법률가나, 약을 처방해주는 의사처럼 판에 박힌 직업이 아니라는 말입니다. 그는 미소와 깨끗한 신발 몇 켤레 외에 가진 거라고는 없는, 삶을 위해 홀로 전진하던 사람이었습니다."

그 작품은 생각하면 할수록 좋다. 나는 그 작품에 대해 잘 알고 있다. 어머니는 춤으로 그 작품의 일부를 재현하신 적이 있었다. 어머니가 표현한 시각적인 창작물에서, 찰리는 관 위로 몇 발자국 옮겨 가면서 독백을 읊조렸다. 그리고 괴로움이 묻어나는 리듬에 맞춰 가벼운 움직임이 이어졌다.

연극의 독백이 이어지고 있었고 나는 그것을 바라보는 소녀를 찾기 시작했다.

나는 극장에 있는 뒷덜미를 샅샅이 살펴보며 다녔다. 왜 그랬는지는 모르겠다. 하지만 그렇게 찾다 보면 왠지 그녀의 뒷덜미도 알아볼 수 있을 것 같았다. 단지 예감만으로 말이다.

하지만 나는 결국 그녀를 찾지 못했다. 그녀가 연극을 보다 질려서 이미 나갔을지도 모른다는 생각이 들었다. 들어오기 전부터 그녀의 데이트가 망가진 상태였으니까.

반면 그녀가 홧김에 극장 안에 들어왔지만 그대로 머물러 있겠다고 결심했을 수도 있을 거란 생각도 들었다. 또는 그 작품이 별로 만족스럽지 않았을 수도 있다. 〈샐러리맨의 죽음〉에 빠져들지 않는 사람도 있을 테니까. 그녀가 그것을 오래된 옛날 작품이라고 생각할 수도 있는 것이다. 또한, 부모와 자녀라는 엄청난 주제에 관해 이야기하는 것을 이해하지 못했을 수도 있다.

계속해서 이런 의심들이 밀려들었다. 하지만 차츰, 그녀가 극장을 외면하는 젊은이들 중 한 명은 아닐 거란 확신이 들었다.

어머니는 극장을 외면하는 것은 절대 용서하지 말아야 할 중죄 중 하나라고 하셨다. 배우나 발레리노가 뿜어내는 슬픔은 참 드라마틱하다. 그래서 그 집중했던 것에서 빠져나오려면 어머니의 경우는 보통 5분 정도가 걸렸다. 그리고 보통 관객은 배의 시간이 걸렸다.

갑자기, 내 휴대전화 벨 소리인 개 짖는 소리가 어렴풋이 들렸다(나는 개를 키우지 않지만 늘 한 마리 키웠으면 했다. 그래서 내 전화기는 멋진 강아지처럼 전화가 올 때마다 사랑스럽게 짖는다). 그 소리가 세일즈맨의 아내의 독백에 뒤섞였다.

그 소리와 동시에 모든 관객이 뒤를 돌아보았다. 나는 어머니가 싫어하는 두 번째 중죄를 저질러버린 것이다. 친척이 아프거나 첫아들이 태어날 때만 용서가 된다는 바로 그 상황이었다. 두 번째는 이미 정상참작에서는 제외되었다.

희미한 불빛이 비치자 관객들의 뒷덜미가 얼굴로 변했다. 하지만 그들의 눈은 거의 보이지 않았다.

그 순간 나는 여섯 번째 줄 왼쪽 끝에서 그녀를 발견했다. 그러나 그녀가 나를 알아보지는 못했다. 나를 못 알아볼 줄 예상은 했지만 마음 한편에는 그녀가 나를 알아봐주길 바랐다.

상사에게 온 전화를 꺼버리자 흐리멍덩한 모든 눈들이 다시 연극에 집중했다. 그녀의 눈만 빼고. 그녀의 눈은 미망인의 독백으로 돌아가는 데 다른 사람들보다 2초가 더 걸렸다.

그녀가 나를 보았을 때, 내가 아직 초능력을 켜놓고 있다는 것을 깨달았다. 나는 바로 그것을 껐지만 그 전에 이미 하나의 장면이 걸러져 들어와 있었다.

그녀가 강아지와 함께 있는 장면이었다. 그녀 곁에 수많은 강아지가 있었다. 그녀는 강아지를 사랑했다. 그녀가 특히 좋아하는 동물이었다. 그녀는 다른 어떤 사람보다도 강아지들을 믿고 있었다. 여섯 살쯤 되어 보이는 소녀가 강아지를 쓰다듬고 있었다. 아마도 그 강아지 이름은 월터인 것 같다. 그녀는 행복해했다. 그 기억에는 기쁨이 가득했다. 그런 감정이 어디와 연결되어 있는지는 알 수 없었지만 정말 마음에 들었다.

하지만 나는 그 감정을 훔치고 싶지는 않았다.

나는 그녀가 있는 좌석 쪽으로 천천히 걸어갔다. 그녀의 옆자리가 비어 있는 것을 확인했기 때문이다. 그리고 나니 계획했던 생각들에 힘이 보태졌다.

그녀의 옆자리에 앉았지만 그녀는 연극에 집중하느라 내가 옆에 있다는 것조차 모르는 것 같았다.

나는 그녀의 눈꼬리를 관찰했다. 그 순간 내가 광장에서 그녀의 얼굴만 보고 열정에 휩싸인 게 아니라는 것을 깨달았다. 뭔가를 집중해 듣고 있는 그녀의 모습에도 매료되었다.

나는 그녀 얼굴의 각 부분, 그녀가 미동도 없이 집중하는 순간순간을 보고 그만 사랑에 빠져버렸다.

나도 연극에 집중했다. 끝나기 약 3분 전 장면이었다. 나는 어머니가 〈샐러리맨의 죽음〉을 공연한 것을 50번도 넘게 보았다. 그럼에도 불구하고 늘 마지막 장면을 보면 좋아죽었다. 늘 나는 연극이 끝날 즈음에 극장에 들어갔다. 마지막을 이런 대사로 끝내다니, 정말 멋진 것 같다.

"우리는 자유예요, 자유라고요."

나는 극이 끝나가는 동안 소녀의 숨소리가 내 숨소리와 함께 움직이고 있는 것을 느낄 수 있었다. 숨 쉬는 감정, 그녀가 들이마시고 내뱉는 소리, 받아들이고 내뿜는 공기가 내 것과 똑같았다.

우리 둘은 그 작품을 보면서 얼마나 감동을 받았는지 호흡이 하나가 될 정도로 전율을 느끼고 있었다. 우리는 서로를 바라보지 않은 채 이 멋진 극의 마지막 대사만을 남겨두고 호흡을 잘 가다듬고 있었다.

나는 우리 사이에 어떤 관계가 시작되는 것 같은 느낌이 들었다. 이 극장 안에 단둘만 있는 것처럼 동시에 호흡하고, 첫 키스와 첫 애무, 첫 쾌락의 순간, 그리고 마치 섹스를 나누고 있는 것과 같은 착각이 들었다.

아무 근거 없는 생각은 아니었다. 내가 느낀 바로, 내 호흡수가 증가했을 때 그녀의 호흡수는 오히려 나를 능가했다. 하지만 그 뭔가를 시도해보기도 전에 연극의 막이 내려졌고 박수 소리가 모두를 뒤덮었다.

끊임없는 박수 소리가 5분간 흘러나왔다. 다시금 우리의 박수 소리가 하나가 되었다. 내 심장과 식도도 그녀의 것과 맞추려고 하고 있었다. 어쩌면 모든 것이 심리적인 것으로 내 상상에서 나왔을 수도 있긴 하지만 말이다.

별안간 마지막 박수 소리가 끝이 났다. 관객들은 한순간에 일어났다. 하지만 그녀는 계속 자리에 앉아 있었다. 나도 그녀 옆자리를 지키고 있었다.

우리 줄에 같이 앉아 있던 모든 사람들이 줄을 맞춰 차례대로 멀어져갔다. 그들에게 우리는 별로 움직이고 싶어 하지 않는 사람들처럼 보였을 것이다.

점점 극장에 사람 수가 줄어들었다. 그녀는 이 공연에 계속해서 넋을 잃고 있는 것 같았다. 그래서 나도 그런 척하고 있었다.

몇 초 후엔 그녀가 일어나든지, 아니면 극장 정리하는 직원이 우리를 내쫓을 거라는 것을 이미 알고 있었다. 나는 대화를 시작할 수 있을 만한 완벽한 문장을 찾고 싶었지만 그 순간 머릿속에 아무것도 떠오르지 않았다. 그녀의 기억에서 보았던 강아지와 관련한 말은 꺼내고 싶지 않았다. 그렇게 하자니 예의가 없는 것 같았다.

순간, 나는 그녀가 생생했던 연극 공연 때문이 아니라, 도착한 문자를 보고 풀이 꺾여서 시선을 떨구고 있다는 것을 발견했다. 그녀는 도착한 문자를 보고 얼음이 되어 있었다. 그 내용을 한 번 보고 또 보고, 계속 확인하고 있었다.

어머니는 휴대전화 문자 메시지란 적은 문자에 많은 진실을 담고 있는 거라고 하셨다. 사람들은 장문이면 비용이 초과되기 때문에 그들의 느낌을 짧게 이야기하는 데 정성을 들인다. 감정의 명료함이다.

어머니는 받았던 많은 문자 메시지들을 보관하고 계셨다. 그걸 베껴 써놓지도, 그렇다고 다른 형태로 전환해서 보관하지도 않으셨다. 그렇게 하면 그 마법을 잃게 될지도 모른다고 생각하셨다.

그러니까 그녀는 10년 훨씬 이전부터 문자들을 보관해왔다. 그 문자에는 엄청난 고통과 진실한 열정, 순수한 성이 담겨 있다고 말씀하셨다.

어머니는 단문 메시지 서비스SMS는 섹스 더하기 섹스sexo más sexo의 약자라고 하셨다. 그리고 온 세상 사람들이 그들의 전화기에 성적인 내용의 문자를 보관하고 있다고 하셨다.

가끔은 받은 사람만이 뜻을 알아채는 문자도 있다. 이런 경우는 다른 누가 읽어도 그 뜻을 발견하지 못한다. 그것을 알기 위해서는 언제 몇 시에 그 문자를 받았는지, 이전에 이미 일어난 일에 관한 내용인지, 어느 정도 깊이가 있는지를 미리 알고 있어야 한다.

어머니는 환상적인 문자란 큰 즐거움 후에 남기는 완벽한 후기라고 했다. 당신도 수없이 받아봐서 알겠지만 데이트나 공연을 즐기고 난 후에 상대방과 헤어지고 나서 몇 분이 채 되지 않아 함께 나누었던 순간에 대한 당신의 생각을 확인해보려는 문자를 받게 된다. 가끔씩은 공연 그 자체보다 문자 메시지가 더 중요할 때도 있다.

나도 수년 전부터 내 휴대전화에 문자 메시지를 저장해놓고 있다. 어떤 건 어머니가 말한 것처럼 아무도 상상 못 할 아주 성적인 내용을 담고 있기도 하다. "왔어?"라는 단 한 마디에도 그런 의미가 숨어 있기도 하다.

내가 어떤 관계에 몰두해 있을 때 어떤 소녀가 내게 그런 문자를 보냈다. 그 문자를 읽고 나서 나는 그만 흥분하고 말았다. 나는 몇 주 동안 그것을 재차 읽었는데, 읽을 때마다 계속 그 말에 흥분되었다.

나는 그녀가 바라던 곳에는 단 한 번도 가지 않았다. 그래서 그 문자를 계속 보관했고 계속 흥분했는지도 모르겠다.

나는 어머니가 보내주셨던 문자 중 하나를 아직도 간직하고 있다. 내가 처음으로 어머니 없이 세상을 여행하게 되었을 때 보내주셨던 문자였다.

마르코스, 기회를 잃지 마. 네가 결정하는 곳이 바로 네 세상의 경계란다.

하지만 실제로 내 세상의 경계는 가면 갈수록 아주 좁아졌다. 에스파뇰 극장과 산타아나 광장, 그리고 우리를 둘러싼 몇몇 거리가 전부였다.

갑자기 에스파뇰 극장 소녀가 나를 쳐다보면서 말을 걸었다.

"부탁 하나만 들어주시겠어요?"

나는 그녀 입에서 나온 그 말을 믿을 수가 없었다. 가끔 살다 보면 아무런 대가를 치르지 않고도 문제를 해결하게 되는 경우가 있다.

"네, 네. 물론이죠."

나는 극도로 긴장해서 두 번이나 "네"를 말했다.

"원래는 오늘 제 남자 친구와 같이 극장에 가기로 했었어요. 그런데 그 사람은 끝내 나타나지 않았어요. 저는 밖에서 기다리다가 연극을 놓치고 싶지 않아서 그냥 혼자 들어와버렸어요. 그래서 그런데, 저기…… 나가시면서 제 남자 친구인 척을 부탁드리고 싶은데…….''

그녀가 아주 부끄러워하며 말을 마치지 못한 채 부탁했다.

"이 극장에 모시고 왔다니, 제가 영광이죠."

나는 대답했다.

나는 일어나서 그녀와 극장 밖으로 나갔다. 우리의 관계가 사실이 아니고, 다만 모르는 누군가를 상대로 하는 거짓말일 뿐이

지만, 극장을 나서는 데 걸린 몇 초간 정말 연인 사이라는 착각
이 들었다.

15.

세 모금의 커피와
추억이 가득한
여행가방

우리는 거리로 나섰다. 나를 감시하고 있다고 생각했던, 검은 선글라스를 쓰고 있던 그 남자가 바로 그녀의 남자 친구였다. 상상력의 힘이란.

그녀는 내 옆으로 바싹 붙었다. 몸과 몸 사이에 땀을 흘릴 만한 공간도 없을 정도였다. 하지만 그녀는 내 손을 잡지도, 그 비슷한 것도 하지 않았다. 다만 아주 가깝게만 있었다. 나는 그녀의 존재와 체취를 느낄 수 있었다.

검은 선글라스를 쓰고 있던 남자는 내게 다가오지 않았고 모욕을 당했다는 듯 화를 내며 가버렸다. 그녀는 그를 보지 않는 척했다. 하지만 그가 사라질 때까지 그에게서 눈을 떼지 않고 있는 것 같았다.

나는 더 이상 그가 우리를 관찰하지 않고 광장에서 사라져버렸다는 것을 확인했다. 그 순간 그녀가 내 곁에서 떨어졌기 때문이다. 아주 조금, 정말 아주 조금이었지만.

그녀는 그대로 멈춰 서 있었다. 그리고 우리는 다시금 광장 한복판에 서 있게 되었다. 바로 내가 그녀를 처음 보았던 그곳이었다. 이번엔 나 역시 이곳에 서 있게 되었다.

"감사합니다."

그녀가 말했다.

"별말씀을요."

나는 아무렇지 않게 대답했다.

그러고 나서는 무슨 말을 더 해야 할지 도무지 생각이 나지 않았다. 뭔가 생각이 빨리 떠오르지 않으면 그녀가 떠나갈 것만 같았다. 그녀는 떠나려고 몸을 돌렸다.

"제가 식사를 대접해도 될까요? 술이라도 한잔하실래요?"

그녀는 나를 이상하게 쳐다보았다.

"그가 되돌아올까 봐 말하는 거예요. 저는 제 여자 친구가 누군가와 나가는 걸 보면 그렇게 멀리는 안 갈 것 같거든요. 그냥 극장에서 우연히 만난 사람인지, 아니면 뭔가 특별한 관계인지 확인해보러 돌아올 것 같아요."

나는 바로 말을 덧붙였다.

그녀는 약간 의아한 표정이었다.

"네, 그러죠."

그녀는 미심쩍은 듯 말했다.

나는 내가 자주 가는 식당의 테라스 쪽으로 향했다. 왜 관광객들이 뜸해 보였는지는 영문을 알 수 없었다. 식탁에서 주문을 받던 웨이터와는 한 10년 전부터 알고 지내던 사이였다. 비록 내가 그의 이름도 모르고, 그 역시도 내 이름을 모르고 있었지만. 나는 내가 가끔 술을 마시는 것을 기억해주는 그가 좋았다. 그는 내가 늘 마시던 것 대신 다른 걸 달라고 했던 날까지도 훤히 다 꿰고 있었다.

그 종업원은 어느 날 내게 비밀을 털어놓았다. 그가 산타아나 광장에서 태어나고 살아왔다는 것, 그리고 이곳에서 사랑에 빠졌던 일들에 대해 이야기했다. 무엇보다 중요한 것은 바로 여기에서 벌어진 일이라는 것이다. 그에게 그 광장은 삶이자 세상에서 아무것도 변하지 않는 유일한 곳이었다. 정말 묘한 곳이었다. 나도 수많은 곳에서 생활하고 자라왔는데 이곳에서 그와 똑같은 느낌을 받았다.

우리는 함께 자리에 앉았다. 종업원이 재빨리 다가왔다.

"드디어 단골손님이 오셨군요. 오늘은 이티E.T. 때문에 아무도 오질 않네요."

그가 나를 물끄러미 쳐다보았다.

"뭘 드릴까요?"

그는 그날이 특별한 날이라는 것을 알고 있었고, 그래서 평소처럼 장사하고 싶어 하지 않는 눈치였다. 나는 그런 그가 마음에 들었다.

"이티라고요?"

그녀가 물었다.

종업원은 웃으며 소녀의 말을 받아주었다.

"지금 외계인이 나타났다는데 모르고 계셨어요?"

"저희는 극장에 있었거든요."

그녀가 대답했다.

종업원은 의아해했다. 내가 연극이 끝날 시간쯤에 들어가는 것을 분명히 보았기 때문이다. 하지만 나는 아무 말도 하지 않았다.

"사람들이 외계인을 잡았다고 하더라고요. 바로 조금 전에 거짓말이라고 말했지만요. 뭐 상황이야 어쨌든 간에, 그래서 그런지 사람들이 식당에 많이 오질 않았어요. 그런 그렇고, 무엇을 드릴까요?"

그녀는 그 뉴스를 별로 믿지 않는 것 같았다. 나도 관심 없는 척했다. 우리는 같은 음식을 주문해서 먹었다. 누군가를 술자리에 초대하고는 커피로 마무리를 하거나, 그 반대로 커피를 마시자고 해놓고 술로 마무리를 하는 상황은 나에게는 참 웃기는 일이다.

종업원이 물러갔다.

"그 뉴스가 진짜라고 생각하세요?"

그녀가 질문을 던졌다.

나는 그 질문에 웃음으로 대답했다. 만일 그녀가 내게 벌어진 일을 알게 된다면……. 그 순간 한 소녀가 독일종 셰퍼드를 데리고 우리 주변을 스쳐 지나갔다. 그러자 그녀가 뒤로 움찔 물러섰다. 개를 무서워하는 것 같았다.

비록 그 개가 아무런 해도 끼치지 않는다고 해도 개 자체에 겁을 먹고 있었다. 내가 초능력으로 본 바로는 개를 아주 사랑하고 있었는데 말이다.

개는 그녀 옆에서 킁킁대며 냄새를 맡더니 바로 짖어댔다. 그러자 그녀가 새파랗게 질려서 그 자리에서 그만 얼어버렸다.

곧 그 개는 광장 밖으로 뛰어나갔고, 그녀는 그제야 원래 얼굴빛으로 돌아왔다.

"개가 무서우세요?"

나는 의아해하며 물었다.

"네, 늘 무서워했어요."

그럴 리가 없다. 내 초능력은 한 번도 실수한 적이 없었다. 뭐가 뭔지 감이 오지 않았다. 아마도 극장 안에서 전파 방해가 있었을 수도 있을 것이다.

하지만 정말 이상한 건 내가 그녀의 어린 시절을 보았다는 것이다. 내가 본 얼굴은 바로 그녀의 것이었고, 그녀의 옷자락에 강아지가 앉아 있었다. 그리고 그녀가 이런 동물들을 아주 많이 사랑하고 있다는 느낌이 들었다.

종업원이 커피를 가져왔다. 하지만 계산서는 두고 가지 않았다. 잘 아는 지인들에게 하는 그의 배려였다. 그는 커피를 두고 바로 사라졌다. 내가 그녀와 좀 더 친밀감을 가져야 한다는 것을 알아챈 것 같다.

"강아지를 한 번도 키운 적이 없나요?"

내가 다시 물었다.

"네, 한 번도요."

그녀는 커피를 한 모금 마셨다. 그러고는 또 홀짝였다. 나도 똑같이 했다. 순간 어머니가 돌아가신 이후에 커피를 나눈 첫 번째 사람이 그녀라는 것을 깨달았다.

우리가 이런 자세한 상황들을 서로 알고 있지 못하다고 해도, 상황이야 어쨌든 간에 나에게 있어서는 눈앞의 그녀가 어머니가 돌아가신 후 새벽 5시에 커피를 함께 마신 첫 번째 여자가 되었다.

밤의 문이 조금씩 닫히고 있었다. 피곤이 밀려왔다. 달랑 네 시간을 자서인지 잠이 부족했다. 하품이 나왔다.

"졸리세요?"

그녀가 물었다.

"네."

나는 단 한 마디도 덧붙이지 않았다.

"당신은요?"

"저도 졸려요."

우리는 커피를 다시 두 모금 마셨다.

한 모금만 더 마시면 그녀는 떠날 것이다. 그녀가 한 모금을 더 마셨고 나는 조용히 앉아 있었다. 그녀도 아무 말도 하지 않았다. 나는 그녀가 일어날 거라는 것을 알고 있었다.

그녀가 헛기침을 했다. 자리를 뜨기 바로 직전이었다.

바로 그 순간, 광장에서 내 이름을 부르는 소리가 들렸다. 내 농장 관리인이 가방 하나를 질질 끌고 오면서 내 이름을 부르고 있었다.

가방 바퀴가 굴러가는 소리가 나를 수많은 공항과 기차역, 호텔들의 길게 늘어선 복도로 옮겨놓았다.

나는 그 가방 소리를 알고 있었다. 어머니 곁에서, 바로 옆에서 수백 시간을 함께했던 소리이다. 여행 중에는 수많은 곳, 특히 높고 닿기 어려운 곳에 올라가 쉬고 있던 바로 그 가방이었다.

"사람들이 공항에서 이 가방을 가지고 왔더라고요."

그는 내 곁에 있는 소녀에게는 눈길도 주지 않은 채 말했다.

나는 가방을 내 옆에 두었다. 그러자 추위 속에서 발가벗겨진 느낌이 들었다. 그것은 내 어머니의 가방이었다. 이전에 보스턴 당국이 내게 어머니의 시신과 소유물들을 보내주겠다고 알려왔지만, 그 여행 가방이 어머니보다 더 빨리 올 거라고는 예상하지 못했다.

나는 어머니가 수십 년 동안 가지고 다니셨던 이 세 바퀴가 달린 갈색 가방을 용기 있게 열어보지도, 쳐다보지도 못했다. 그 가방은 원래 바퀴가 하나 더 있어야 했지만 가지고 다니기 더 편하게 하려고 어머니가 직접 하나를 떼셨다. 나는 손잡이에조차도 손을 대지 않았다. 어쨌든 그곳에는 어머니라는 존재, 그녀의 내음, 그녀의 마지막 순간이 담겨 있을 테니까.

"이거 당신 거예요. 그렇죠, 마르코스?"

별 관심을 보이지 않는 내 앞에서 관리인이 물었다.

"네, 맞아요."

나는 무덤덤하게 대답했다. 별로 자세히 설명하고 싶지 않았다. 나는 바로 미소를 지으며 감사를 전했다.

그녀는 함께 커피를 마시고 있는 자신을 그에게 소개해줄 거라 기대하고 있어서였는지 살짝 실망한 눈치였다.

"공항에서 가방 잃어버리셨어요?"

에스파뇰 극장 소녀가 물었다.

그녀와 대화가 좀 필요할 것 같았다. 나는 그녀에게 이 여행가방이 내 삶에서 어떤 의미인지를 말해주어야 했다. 가방을 열고, 세상의 일부와 만난다는 것, 그리고 누군가와 떠나간 어머니에 대해서 이야기한다는 것이 어떤 의미인지 말이다. 하지만 그녀가 나를 불쌍하게 여기기를 원하지 않았다. 그날이 내 인생에서 가장 비극적인 날이라는 것을 알게 하고 싶지 않았다. 그리고 내 원래 모습이 아닌 그 순간에 나를 만났다는 것을 알려주고 싶지는 않았다.

"정확히 말하자면 잃어버린 건 아니에요."

내가 주춤거리며 말했다.

"이건 우리 어머니 가방이었어요."

그녀는 자리를 뜨지 않았다.

"그럼, 지금 어머니와 함께 사세요?"

나는 그녀에게 거짓말을 하고 싶지 않았지만, 그렇다고 사실을 말해주고 싶은 기분도 아니었다. 나는 이런 양자택일의 순간을 수도 없이 경험해왔다. 아마도 그녀 앞에서 마주하게 된 이 둘은 똑같은 거리에 놓인 같은 무게의 선택들일 것이다.

내가 질문에 대답하기 전에 전화에서 개 짖는 벨 소리가 다시 울렸다. 전화벨 소리가 실제 개 소리가 아님에도 불구하고 순간 그녀의 얼굴에 두려움이 떠오른 것을 감지했다.

상사였다. 내가 에스파뇰 극장에 있을 때 내게 전화를 했었다는 사실을 까맣게 잊고 있었다. 나는 전화기를 집어 들었다.

그녀는 떠날 준비를 하는 것 같았다. 방금 울린 전화는 우리에게 완벽한 결말을 만들어주었다. 하지만 그녀는 내게 몸짓만으로 마지막 인사를 건네지 않기 위해 통화가 끝날 때를 기다리고 있었다.

나는 최대한 길게 통화하기로 했다.

"우리는 위험 없이 탈출을 감행했네."

상사가 간단하게 결과를 전했다.

"아, 정말이요?"

나는 놀라 되물었다.

"그렇다네. 그가 살라망카에 있는 마요르 광장에 갈 거라고 말했어. 그곳에 가서 뭔가 해야 한다고 했네."

그가 말을 덧붙였다.

"그는 자네도 그곳에 갔으면 하더라고. 그 낯선 소년은 자네를 보고 싶어 했어. 나중에 전화하지. 자네도 알겠지만 지금은 내가 여기서 꼼짝도 못해. 이곳은 지금 완전 초비상이라네."

나는 무슨 말을 해야 할지 몰랐다. 그 낯선 소년은 지금 자유의 몸이 되었고 나를 보고 싶어 하고 있다.

나는 내 상사에게 그의 탈출에 대해 수많은 질문을 했어야 했다. 왜 그자가 그 도시에 가야 한다고 했는지, 왜 나랑 이야기하고 싶어 했는지 말이다. 하지만 어떤 질문도 할 수 없었다. 왜냐하면 상사는 내게 전혀 시간을 주지 않고 바로 끊어버렸기 때문이다.

나는 통화가 끝나지 않은 척했다. 나는 그녀가 나를 떠나지 않았으면 했다. 나는 "네"와 "아니요"를 아무런 의미 없이 늘어놓았다. 가끔씩은 "아하" 하고 말하기도 했다. 그때, 내가 통화를 계속하고 있음에도 그녀는 자리에서 일어나려고 했다. 그 순간 나는 "알았어요. 꼭 거기로 갈게요" 하고 말하며 황급히 전화를 내려놓았다.

나는 전화를 끊었다. 그녀는 이미 일어서 있었다. 갑자기 그녀를 잃을지도 모른다는 생각에 위험을 무릅쓰고 질문을 건네보기로 했다.

"나랑 지금 어떤 곳에 같이 갈래요?"

내가 물었다.

그녀는 아무 대답도 하지 않았다. 그냥 내가 어떤 말을 더 할 지 기다리고 있었다.

"당신이 〈샐러리맨의 죽음〉을 보고 나서, 보기 싫은 사람이 있어서 혼자 나가기 싫다고 했을 때, 나는 당신을 믿었어요. 나 는 지금 당신에게 뭔가 좀 이상한 것을 부탁하고 있는 거예요. 나 역시 혼자서는 보고 싶지 않은 어떤 사람을 보러 살라망카에 가야 하거든요. 당신이 저와 동행해주었으면 해서요."

그녀는 계속 꿀 먹은 벙어리였다.

나는 그녀와 대화를 하고 싶었지만 어떤 말을 꺼내야 할지 머릿속이 새까매졌다.

"당신에게 약속하죠. 어떤 속임수도, 수상쩍은 일도 없을 거 예요. 저를 믿으셔도 돼요."

그러자 그녀가 웃었다.

"근데 혹시 우리가 서로 아는 사이였나요?"

그녀는 알아챌 수 없을 정도의 낮은 목소리로 물었다.

나는 그녀의 질문에 뭔가 이상한 기분이 들었다.

"아뇨."

나는 대답했다.

"아마도 아닐 거예요."

"이전에 당신을 보았던 것 같은 느낌이 들어서요. 마치……"

그녀가 적당한 말을 찾는 데 몇 초가 걸렸다. 나는 일부러 말을 거들지는 않았다.

"……신뢰라…… 전 당신을 믿어요."

그 순간 미소를 지은 사람은 바로 나였다. 나는 자리에서 일어났고 그녀도 함께 갈 준비를 했다. 나는 먼 곳에서 우리의 대화를 쭉 지켜보고 있던 종업원에게 '달아둬요'라는 몸짓을 보냈다.

우리는 페루 친구가 세워둔 차가 있는 곳으로 갔다. 그의 황금빛 누런 이는 그를 찾는 데 길잡이 역할을 했다.

나는 가방을 끌고 와야 했다. 손잡이에 내 손가락을 대는 순간 뭔가 묘한 느낌이 들었다.

어머니는 한 번도 내가 그것을 대신 들어주도록 허락하지 않으셨다. 스스로 가방을 들고 가지 못할 정도가 되면 여행도 그만둘 거라고 말씀하시곤 했다.

지금 그녀의 가방은 내 것이 되었다. 지금에서야 그것을 들 수 있도록 허락한 운명이 불공평하다는 생각이 들었다. 상상할 수도 없을 정도의 엄청난 고통이 밀려왔다. 하지만 그 고통을 에스파뇰 극장 소녀에게 말하지는 않았다.

차로 향하는 길에서 나는 그 낯선 소년의 사진을 보여주는 텔레비전 뉴스를 보았다. 하지만 거기에서는 그 낯선 소년이 마치 외계인과는 전혀 상관없는 것처럼 말했다. 그의 사진 밑에 이렇게 적혀 있었다.

남색자를 찾습니다.

이어서 상사의 금고에 있던 '첨부'라고 적힌 파일에서 보았던 사진들도 몇 장 보였다. 원래 얼굴은 지워져 있었고, 그 위에 이 낯선 소년의 얼굴이 붙어 있었다.

그 몽타주를 보니 토할 것만 같았다. 사람들은 극악무도한 짓과 상관도 없는 누군가를 향해 증오심을 품고 그자를 찾으려고 난리를 칠 것이다. 그것은 그를 납치한 사람들의 작품이었다.

지구에서 보낸 그의 첫 순간이 이렇게 돼버리다니, 그자가 정말 불쌍했다. 사람들은 그가 하지도 않은 일들을 그에게 뒤집어 씌웠다.

나는 또다시 아무 말도 하지 않았다. 우리는 차에 올라탔다. 페루 기사는 그녀를 평소에 알고 지내온 것처럼 살갑게 대했다.

"살라망카로 가주세요."

나는 그에게 말했다.

"네, 알겠습니다."

그는 대답과 동시에 음악을 켰다.

차가 서서히 출발하기 시작했다. 나는 여행 가방을 그녀와 나

사이 중앙에 놓았다.

이로써 나의 어머니의 존재가 더욱 분명해졌다.

16.

기분 좋은 목욕을
준비하는 솜씨와
그것을 즐기는 용기

살라망카는 십여 년 전에 방문했던 이후로 꽤 오랜만이었다. 마지막으로 그곳에 갔던 때가 내 나이 열두 살 때였다. 사람들은 여름에 어머니와 야외 지방 순회공연 계약을 했었다.

나는 그런 식의 행사가 정말 좋았다. 대중들과 이야기하며 긴장도 풀 수 있고, 발레리나들도 편안함을 느끼는 공연이었다. 그곳 하늘에서는 별들이 쏟아지고 있었다. 달도 훤하게 빛나고 공기도 상쾌했다. 이런 평범한 공연들은 우리에게 다시 생기를 북돋아주었다.

가끔 어머니는 관객들이 공연의 전부이며 관객들 사이에 섞이는 것이 정말 좋다고 말씀하시곤 했다. 그리고 별이 총총히 박힌 밤하늘을 보면서 왼편에 있는 관객들이 공연 음악을 어떻게 듣고 있는지, 오른편에 있는 사람들이 댄서들의 움직임에 얼마나 집중하며 따라가고 있는지를 살펴보는 것이 좋다고 하셨다. 게다가 햇볕에 그을린 수백 개의 향기가 뒤섞인 여름밤 내음까지 맡으며 즐기느라 아주 분주하셨다.

어머니는 아주 무더운 여름날 동료들과 살라망카의 마요르 광장에서 공연을 하셨다. 어머니가 말씀하시길, 그때는 여타 불법 공연을 몰아냈을 정도로 장소와 관객들 및 날씨가 정말 환상적인 짝을 이루었다고 한다.

"이제 이야기해주세요."

부채꼴 모양으로 뻗은, 4차선으로 된 첫 번째 마드리드 식 도로를 지나자마자 소녀가 요청했다.

나는 그녀가 말한 "이야기해주세요"가 모든 것을 뜻한다는 걸 알고 있었다. 즉, '전부 다 이야기해주세요'라는 뜻이었다. 페루 기사는 앞뒤 사이에 있는 칸막이를 올렸다. 스스로 알아서 시선을 거두어주니 고마울 따름이었다.

나도 그녀에게서 뭔가 묘한 감정을 느꼈다. 우리에게는 모르는 사람들 사이에서 절대 일어날 수 없는 신뢰 같은 게 있었다. 가끔은 20년이 훨씬 넘게 내 삶의 일부가 되었던 누군가에게서 느끼는 것보다 낯선 이에게서 훨씬 더 강렬한 느낌들을 안을 때도 있다.

"그 신뢰 자체가 불쾌감을 주는 것은 아니지만……."

어머니는 누군가 자신의 기대에 어긋날 때마다 이런 말씀을 하시곤 했다.

"신뢰란 게 꼭 한 번에 존재할 필요는 없단다. 오히려 모든 종류의 관계 속에서 큰 실망을 안겨줄 수 있는 무질서가 될 수도 있거든."

어머니는 다른 사람의 신뢰는 하루하루 얻어가는 거라 믿으셨다. 즉, 그나 그녀에게 당신을 믿어달라고, 그리고 놀라움을 안겨달라고 했다면 당신도 똑같이 상대에게 신뢰를 보여줘야만 한다는 것이다.

나는 어머니가 그 누구와도 당일치기로 관계를 맺는 것을 본 적이 없다. 그렇다고 전통적인 방식대로 남자와 살지도 않으셨다. 아마 이것은 신뢰와 관련이 있는 것 같다.

나는 더 많은 시간을 함께한 사람, 방을 함께 써본 사람, 그리고 많은 대화를 나누었던 사람 등을 믿어왔다. 즉 나와 함께했던 사람들 말이다. 그리고 나는 늘 어머니가 내게 어떻게 신뢰를 요구했는지, 그리고 내가 그녀에게 어떻게 신뢰를 요구해야 하는지를 분명히 느끼고 있었다.

우리가 가장 일상적인 삶을 살았던 때는 보스턴에서였다. 그리고 바로 그곳에서 어머니는 죽음을 맞았다. 그곳은 길들지 않은 영혼을 지닌 도시이다. 유럽 대륙을 미 대륙에 심어놓은 것처럼 보이는 곳이기도 하다.

열다섯 살이었던 그때, 나는 여름날 큰 호수가 있는 거대한 공원 한구석 의자에 앉아 생각하는 것을 아주 좋아했다. 뭔가를 열망하도록 요구하지도, 기다리지도 않는 한 도시의 조용한 관찰인인 윌 헌팅(영화 〈굿 윌 헌팅〉의 주인공—옮긴이)이 된 양 느끼는 게 좋았다. 그 도시에서 나라는 존재, 더욱 강렬한 자아를 느꼈다.

그곳은 내가 어머니를 좀 더 가깝게 느끼게 된 도시이기도 하다. 이전에도 이미 말한 것 같긴 한데, 어머니는 목욕을 하신 후에는 꼭 술을 마셨다. 어머니는 그것이 첫 공연의 냄새와 긴장감, 그리고 쌓여 있는 열정에서 자유로워지는 그녀만의 방법이라고 하셨다.

나는 열 살 때부터 어머니를 위해 목욕물을 준비했다.

어머니는 욕조에 물을 채우는 것이 주방에서 요리를 준비하는 것과 별반 차이가 없다는 사실을 가르쳐주셨다. 올바르게 이해하고 완벽한 사람이 되기 위해서는 둘 다 잘 알고 있어야 한다고 하셨다.

보통 요리를 시작하고 나서 벌여놓은 다른 일들을 끝내기 위해 다른 곳에 가는 사람들도 있다고 하셨다. 그리고 그렇게 일을 섞어 하기 때문에 그들의 요리가 원망을 사는 거라고 흥분하셨던 기억이 난다.

어머니는 요리와 목욕물을 준비하는 데에는 우리의 정성과 고도의 집중이 필요하다고 하셨다. 이것은 욕조에 36.5도의 물을 채워 넣는 것이나 마카로니를 삶는 것이 우리가 목욕할 때 느끼는 큰 기쁨이나 음식을 맛볼 때 느끼는 행복의 열쇠가 되는 것과 같은 이치이다. 그래서 나는 열 살 때부터 욕조에 물이 어떻게 채워지는지를 움직이지 않고 조용히 관찰했다.

첫 번째로, 처음 6분간은 아주 차가운 물을 받는다. 그리고 이후 3분은 아주 뜨거운 물을 받는다. 그리고 늘 마지막 순간에 비누 거품을 풀어 넣는데, 그 순간이 가장 사랑스럽다. 왜냐하면 그 거품의 감촉이 얼마나 좋은지를 느낄 수 있는 순간이기 때문이다. 그림이라는 예술도 이와 별반 다르지 않다.

그래서 나는 어머니의 목욕물을 준비하는 게 좋았다. 내가 욕조에 물을 받아놓으면 어머니는 정확히 70분을 물속에서 즐기셨다. 늘 혼자서. 그러고 나서 회복이 되면 물 밖으로 나오셨다.

보스턴에서 나는 어머니가 무대에 올린 작품 연출을 도와드렸다. 물론 처음 해본 일이었다. 그날은 목욕물 준비가 끝나자마자 어머니께서 함께하자며 욕조 한편을 내주셨다. 우리는 각자 한 면씩 차지하고 얼굴을 서로 마주 보았다.

처음에는 망설였다. 전에 초고층 호텔에서 어머니가 침대를 같이 쓰자고 하셨을 때에도 비슷한 기분이 들었다. 어머니의 그 제안은 내가 연출한 작품을 신뢰하셨다는 뜻이자, 좋은 작업을 해준 것에 대한 고마움을 표현하신 방법이라는 것을 알고 있었다.

나에게 어머니와 욕실을 나누어 쓴다는 것은 중요한 의미가 있었다. 물론 모든 10대 청소년이 어머니로부터 이런 제안을 받아야 한다고는 생각하지 않는다.

물론 어머니는 내가 그렇게 해야만 한다고 졸라대거나 우기지는 않으셨다. 원래 어머니의 방식이 그랬다. 그저 나를 욕조 안으로 안내했다.

나는 망설였지만, 보스턴의 공기 속에는 편견이나 걱정 들을 잊게 해주는 뭔가가 있었던 것 같다. 나는 옷을 벗고 욕조 안으로 들어갔다. 정확하게 어머니 맞은편에 자리를 잡았다.

처음에는 아주 긴장을 많이 했는데 조금씩 편해지면서 그런 경험을 즐기게 되었다.

작품에 대한 긴장감과 마지막 공연의 스트레스가 조금씩 옅어지면서 정성스럽게 요리한 그 욕조 물과 내가 잘 어우러진다는 느낌을 받았다.

그리고 조금씩, 어머니의 몸이 어떤지 살펴보았다. 처음에는 고의이든 우연이든 어머니의 몸과 스치거나 닿는 것이 싫었다. 하지만 시간이 지나면서 기분 좋은 경험이 되었다.

다시 말해서, 내가 이제까지 느꼈던 느낌들 중 단연 최고였다.

몇 년 후에 마지막 그림을 마무리하고 3부작을 완성하면 욕조에 몸을 담그면서 내 몸에 입혀진 색들을 벗겨낼 거라고 결심했다. 그리고 물속에서 울려 퍼지는 내 식도의 울림을 들어보리라 맹세했다.

그 소리는 나의 행복을 알리는 소리였고, 영원히 그럴 것이다.

나는 그날 이후로는 단 한 번도 다른 사람과 욕조를 나누어 써본 적이 없다. 할머니가 돌아가시고 나서 나를 안아준 그 카프리 섬 소녀, 내가 청혼하려고 했지만 감히 그러지 못한 그 소녀와도 욕조를 나누어 쓰지는 않았다.

70분 동안 누군가와 욕조를 공유하는 것이 무엇을 의미하는지 사실은 아직도 잘 모른다. 하지만, 그것은 아마도 다른 누군가를 좀 더 알아가는 과정과도 같을 것이다.

그것은 마치 물이 상대방의 비밀과 두려움 중 한 조각을 당신에게 전달해주는 것과 같고, 누군가 당신의 피부를 무의식적으로 스치게 되면 가장 절대적인 본질 안으로 들어가도록 허락하는 것과 같음을 의미한다.

"솔직히, 빠짐없이, 다 말해주세요. 제게 무슨 일이 일어날지는 걱정하지 마시고요."

에스파뇰 극장 소녀는 또다시 말을 꺼냈다.

그녀가 나를 정말로 믿고 있다는 것을 느낄 수 있었다. 〈샐러리맨의 죽음〉을 함께 보았을 때부터 우리 사이의 신뢰는 아주 강력했다.

나는 그녀의 요청을 들어주기로 했다.

나는 한 시간 반 동안 그녀에게 모든 이야기를 다 털어놓았다. 그때 내 목소리는 데이비드 보위가 〈모던 러브〉를 부를 때 냈던 톤 같다는 생각이 들었다.

문장을 중간중간 빠뜨리고 자세한 것을 생략하긴 했지만 이야기의 핵심은 빠뜨리지 않았다.

마드리드에서 아빌라로 가는 중에는 그 낯선 소년에 관한 이야기를 해주었다. 내 초능력과 소년의 탈출, 붉은 비, 육각형의 행성에 대해서, 그리고 산타아나 광장에서 그녀를 어떻게 발견하게 되었는지까지도.

아빌라에서 살라망카로 향하는 길에서는 주로 어머니에 대해 이야기했다. 어머니가 돌아가신 것과, 그래서 잠을 자지 않겠다고 결심한 것, 나의 두려움과 고독, 그리던 그림, 끝내지 못한 섹스에 대한 그림, 그리고 어머니의 여행 가방까지 몽땅 털어놓았다.

그녀는 아무 말도, 그러니까 정말 단 한 마디도 하지 않았다. 90분간 흐른 나만의 강렬한 독백이었다.

그녀에게 모든 것을 쏟아놓았던 그때가 내게 최고로 기쁜 순간이었다. 맞다. 거짓말도 하긴 했다. 그녀에게서 느꼈던 매혹적인 느낌은 하나도 강조하지 않았으니까. 나는 사랑의 감정에 대해서는 신중했고, 그래서 그것에 대한 건 아무 말도 하지 않았다. 그때 내가 가지고 있는 감정에 대해서 어떻게 이야기를 맞춰나가야 할지 잘 모르기도 했다. 마치 내 손에 시한폭탄을 쥐고 있는 것 같았다.

그 외의 것은 작은 것 하나도 빠뜨리지 않고 다 털어놓았다.

그녀는 내가 초능력에 대해서 이야기를 털어놓은 여섯 번째 사람이었다. 그 전에는 어머니와 다니, 페루 기사, 카프리 섬 소녀, 나의 아버지였다고 생각했던 바로 그 남자에게 말했다. 아마도 언젠가 당신에게 그 남자에 대해서 말하게 될 것 같다.

그녀는 내가 초능력에 관해 이야기할 때까지 입도 뻥끗하지 않았다. 내가 낯선 소년에 대해 언급했을 때 역시 단 한 마디도 하지 않았다.

나는 그 누구에게도 이렇게 모든 것을 고백해본 적이 없었다. 나는 그녀의 반응에 슬슬 겁이 났다.

자동차는 살라망카의 마요르 광장이라고 적힌 거리 중 한 곳으로 들어갔다. 그녀에게 그 낯선 소년의 탈출에 대해 모두 이야기하고 있던 바로 그 순간이었다.

나는 광장 중앙에 서 있는 그 소년을 보았다. 그는 옷에 달린 모자를 뒤집어쓰고 있었다. 언론에서 남색자로 몰아갔으니 사람들의 눈을 피하려고 했던 것 같다.

우리는 차에서 내려 그를 향해 걸어갔다.

"저를 믿으시나요?"

내가 물었다.

"네, 믿어요."

그녀가 대답했다.

그녀가 나를 믿고 있다는 것을 알고 나니 기분이 좀 나아졌다. 보상받은 솔직함은 살아가면서 가장 만족스러운 기쁨 중 하나이다.

나는 그녀가 어떤 반대나 반발을 하지 않아줘서 기뻤다. '당신을 믿어요, 하지만'이나 '미안해요, 그렇지만' ……이런 무시무시한 접속사들은 이전 감정들을 무너뜨리고 만다.

목표 지점까지 50보쯤 남았을 때, 소년은 고개를 들더니 미소를 지었다.

우리가 그곳에 도착했다는 점보다 그가 먼저 와 있다는 게 기뻤다. 자세히 보니 그는 광장 정중앙에서 나를 기다리고 있었다. 그리고, 또 다른 매혹적인 누군가가 전혀 다른 광장 한복판에서 나를 기다리고 있었다.

17.

삶에, 사랑에, 섹스에
용감하라

우리가 도착하자마자 소년은 나를 꼭 껴안았다. 그의 품에서는 아기들한테서 나는 미세한 향기가 났다. 그가 바른 화장품 냄새인지 원래 피부에서 나는 냄새인지는 구분이 잘 안 갔다. 사람의 몸에서 천연 향수를 만들어내는 경우도 수없이 많으니까.

나와 함께했던 첫 번째 소녀, 몬트리올의 수영장에 있던 그 인명 구조 대원에게서는 늘 화학 성분인 염소 냄새가 났다. 나는 저녁마다 그녀가 지키고 있는 호텔 수영장에 갔고 우리는 수많은 이야기를 나누었다.

나에게 그 수영장은 온 도시 밑으로 지나가며 뭔가를 전달하는 수백 미터의 광대한 네트워크에서 해방된 곳이자, 영하 24도로 내려가는 것을 막아주는 곳, 추위를 느끼지 않게 해주는 작은 에덴이었다.

그 당시는 10초 이상 눈을 감고 있으면 추위 때문에 속눈썹이 딱 붙어버릴 정도여서 나는 거리로 잘 나가지 않았다. 그래서 어머니가 지하철 근처에서 공연할 동안 나는 수영장에서 살다시피 했다.

그 인명 구조 소녀는 끊임없이 재잘댔다. 그러면 나는 넋을 잃고 그녀의 말에 빠져들었다. 우리가 처음으로 함께 보냈던 그날은 그녀가 지키고 있던 수영장에서 벗어났다. 그날만은 그녀에게서 수영장 냄새가 아닌, 오렌지와 사프란 중간쯤 되는 향수 냄새가 났다.

우리는 함께 밤을 보냈다. 그것이 내 첫 경험이었고 그 냄새는 늘 나를 따라다녔다. 하지만 나에게는 아무런 냄새가 나지 않았다.

내게 없는 장점을 가지고 있는 사람에게서는 늘 좋은 냄새가 나는 것 같다. 그래서 나는 그런 사람들의 향수가 무엇인지 알아보고 몇 달 동안 내 몸에 지니고 다닌다. 나는 많은 향수를 가지고 다닌다. 그리고 6개월마다 향수를 바꾼다. 마치 뿌린 향수에 내 결점이 모조리 흡수되길 바라는 것처럼.

나는 그 낯선 소년에게서 나는 냄새가 무엇인지 물어보고 싶었다. 그리고 그의 향기를 오랫동안 품고 다니고 싶었다. 하지만 물어볼 만한 순간도, 장소도 아니었다.

"그녀에게 말했나요?"

소년은 에스파뇰 극장 소녀에게 손을 내밀어 악수를 청하며 나에게 물었다.

나는 고개를 끄덕였다.

"그 연극은 좋았나요?"

그가 물었다.

그녀는 웃었고 고개를 끄덕이며 그렇다는 표시를 했다.

마요르 광장의 종이 아침 7시를 알려주었다. 그는 누군가를 찾는 것처럼 사방을 둘러보았다. 그가 이곳에서 누군가를 기다리고 있다는 느낌이 들었다.

나는 십수 년 만에 다시 밟은 마요르 광장을 이곳저곳 샅샅이 살펴보았다. 정말 아름다운 곳이었다. 한 치의 망설임 없이 이곳이 세상에 존재하는 광장 중 가장 아름다운 곳이라고 말할 수 있을 것 같았다. 어머니도 이곳을 아주 많이 사랑하셨다.

"이곳은 정말 용감한 광장이야."

어머니가 공연을 성공적으로 끝마치고 난 후 내게 말씀하셨다.

"용감하다고요?"

나는 의아해하며 물었다.

"용감한 광장도 있나요?"

"물론 그런 광장들이 있지. 용기를 불러오는 곳들이 있거든."

그 순간 어머니는 내 손을 자신의 배꼽에 갖다 댔다. 그리고 내 목덜미에 뽀뽀를 해주었다. 나는 너무나 놀랐다.

"용감해지렴."

어머니가 말씀하셨다.

"삶에서, 사랑에서, 섹스에서."

그리고 어머니는 이런 말씀을 더하셨다.

"사람들은 애무나 키스를 요구해야 한다는 것을 잊고 산단다. 절대 그것이 그 순간을 함께하는 너의 짝의 출입 금지 지역이라고 생각하지는 말아야 해. 섹스와 관련된 행동을 죄책감 없이 자연스러운 것으로 받아들여야 한다는 말을 부디 이해하길 바란다. 애무와 키스, 배꼽에 손을 대고 온기를 구애하는 것이 단순히 섹스와 연결된다거나 그런 느낌만 들게 한다고 생각해서는 안 된단다. 포옹은 10초나 30초만 이어져서는 안 되는 거야. 필요하다면 30분을 안고 있을 수도 있는 거니까. 애무하는 것이 늘 섹스를 상상하는 것이 돼서는 안 된다는 거지. 애정 표현을 너의 삶의 일부로 높게 평가해야 한단다. 살면서 할 수 있는 당연한 표현이고 해도 되는 것으로 여겨야 한다는 걸 명심해라. 누군가의 농담에 웃는 것과 마찬가지로 너에게 행복한 느낌을 안겨주는 말들을 기꺼이 받아들이도록 해라. 또한, 다른 느낌을 불러일으키는 피부와 눈, 입술에 대해 말하는 것을 두려워하지 말아야 한단다. 다시 말하지만, 섹스와 관련된 행동들은 꼭 죄책감 없이 자연스러운 것으로 여겨야 해. 그것을 실제의 삶, 즉 일상생활에 끌어들이되, 절대 그것들을 섹스에만 묶어두지 말고 삶 자체에 연결해놓아야 한단다. 마르코스, 알겠니?"

이런 긴 독백이 끝난 후에도 어머니는 한참 동안 내 손을 어머니의 배꼽에 두셨다. 그 순간 광장의 용기가 내 안으로 쑤욱 들어오는 것이 느껴졌다. 나는 어머니의 목에 입을 맞추었다.

나는 그 순간 섹스가 아니라 삶을 느꼈다.

어머니께 슬며시 여쭤보았다.

"그런데 어머니, 제 아버지는 누군가요?"

어머니는 한 번도 아버지에 관한 이야기를 꺼내신 적이 없었다. 그것은 그녀의 아킬레스건이었다. 내 질문에 어머니가 슬퍼하셨던 것 같다.

그 낯선 소년은 광장 중앙에 있는 긴 의자를 향해 갔다. 그곳에는 그만 있었다.

"제가 누군지 알고들 싶으시죠?"

그가 물었다.

우리 둘은 그렇다고 말했다.

해가 다 뜨려면 좀 더 있어야 했다. 그렇게 조금씩, 아주 조금씩 아침이 밝아오고 있었다. 광장에 있던 사람들이 조금씩 빠져 나갔고, 그 시간에 맞는 또 다른 일들을 하는 사람들이 나타나 기 시작했다.

나는 사실 조금 불안했다. 하지만 어머니 때문인지 그 광장에 서 또다시 특별한 느낌을 받았다. 그리고 이 낯선 소년과의 대 화 후에 뭔가 변화가 일어날 거라는 것도 이미 알고 있었다.

에스파뇰 극장 소녀는 나의 모든 비밀을 알게 되었다. 그리고 그곳에 그녀도 함께 있었다. 나는 그녀가 나에 대해 어떤 느낌 을 갖고 있는지, 또 내가 그녀에게 어떤 감정을 품고 있는지 잘 몰랐지만 그녀가 그곳에 있는 것만으로도 행복했다.

내 옆에는 어머니의 가방과 흰색 캔버스가 놓여 있었다. 나는 내 삶이 조금씩 채워지고 있음을 느꼈다. 내 삶의 조각조각들이 하나씩 합쳐지고 있는 것 같았다.

소년이 말문을 열기 시작했다. 그를 만난 이후로 줄곧 그 순 간을 기다리고 있었다.

"지금부터 당신들에게 말하려고 하는 것이 이상하게 들릴 수 도 있을 거예요. 그리고 사실 어떤 증거도 드릴 수가 없어요. 하 지만 이것이 사실이란 것만은 믿어주세요."

그는 서서히 이야기를 시작했다.

"저는 낯선 자입니다. 제게 주어진 이 '낯선 자'라는 이름이 마음에 들긴 하지만 제가 이 시간대를 사는 당신들과 비교해 그렇게 이상한 존재는 아닐 거예요."

그는 다시 입을 닫았다. 그리고 오랜 정적이 흘렀다.

"삶이란…… 제가 온 곳은, 시간의 개념, 그러니까 제가 사는 시간과 삶은 당신들의 시간이나 삶과는 아주 달라요. 하지만 그렇다고 이곳의 삶이 저에게 이상하거나 낯설게 느껴지는 것은 아니에요. 왜냐하면, 이미 저는 이 시간을 살았거든요."

우리 둘은 그가 말하는 말 한 마디 한 마디를 흡수하고 있었다. 에스파뇰 극장 소녀는 갑자기 손을 나에게 뻗었고, 나는 본능적으로 그것을 꼭 쥐었다. 그러고는 내 배꼽 근처에 갔다 댔다. 수년 전 어머니가 내게 그래주었던 것처럼.

소녀는 두려워하는 것 같았다. 하지만 나는 내 혈관에 흐르는 이 광장의 용기가 느껴졌다.

"저는 수십 년 전 이곳 살라망카에서 태어났어요. 그리고 어렸을 때는 이 광장 구석구석을 돌아다니며 형제들과 놀았어요. 행복한 아이였죠. 정말 행복했어요. 비록 수십 년 전 일이긴 하지만 아직도 기억이 생생해요. 어른이 되어서는 근처 마을로 일을 하러 떠났어요. 페냐란다 데 브라카몬테라는 곳이었죠. 저는 그곳에 정착했어요. 사건이 벌어진 그날은 에스파냐 내전이 끝나고 난 7월 9일이었어요. 그날 화약을 실은 기차가 역에 들어오고 있었어요. 벌겋게 불타오르던 바퀴 때문에 거의 마을 전체가 폭파되었어요. '화약고'라고 불렀던 이 불행한 사건 때문에 저는 다리와 팔을 한 쪽씩 잃게 되었죠."

그는 잠시 이야기를 멈추었다. 우리 모두에게 필요한 쉼의 순간이었다. 말이 앞뒤가 좀 안 맞긴 했다. 우리가 바라보고 있는 그의 팔다리는 멀쩡했기 때문이다.

갑자기 그는 내게 이미지 하나를 보냈다. 나는 그것이 도착한 것을 느꼈다. 하지만 그 순간 그것을 받을지 말지 망설였다. 아직 초능력이 켜져 있는 상황이 아니었기 때문이다. 그는 내 상태는 아랑곳하지 않고 내게 그 장면을 들이밀었다.

그 이미지들은 이미 그가 내게 모두 말했던 내용이었다. 나는 화약고 사건의 연속 장면을 보았다. 그리고 거기에서 그를 보았다. 아주 무더웠던 7월의 일요일, 그는 미사를 드리러 가는 길이었다. 역으로 기차가 들어오며 수많은 생명을 앗아간 엄청난 폭발이 일어났다. 나는 에스파뇰 극장 소녀의 손을 꽉 잡고는 내 가슴에 두었다. 그 장면들을 보고 있자니 너무 고통스러웠다. 나무 여기저기에 매달려 있는 잘려나간 다리들과 수십 킬로미터 사방에 흩어지는 잘려나간 팔들, 너무나 큰 고통…… 나는 그가 말한 것처럼 한쪽 다리와 팔을 잃은 그를 보았다.

하지만 지금 이 광장에서 우리에게 말하고 있는 그는 다리와 팔이 멀쩡했다. 전혀 앞뒤가 맞지 않은 상황이었다. 그가 지금 이미지들을 마음대로 조작하고 있는 걸까?

"그 장면을 보신 거 맞죠?"

그가 물었다.

"그런 사건을 경험하는 것은 그것을 회상하는 것보다 훨씬 더 끔찍한 일이죠. 그 후로 제 삶은 변했어요. 전쟁에서 끌고 온 남녀 포로들을 마을 재건에 투입할 때까지, 상상하셨던 대로 저는 그냥 삶이 끝났다고 생각했어요. 그런데 그녀를 알게 되었죠. 보세요, 잘 살펴보세요."

그가 말을 덧붙였다.

나는 밤색 머리카락을 가진 아름다운 소녀와 그의 첫 만남을 보았다. 그보다 훨씬 더 어린 소녀였다. 열 살이나 열다섯 살 정도 되어 보였다. 그녀가 그의 절단된 팔과 다리를 아무런 고통 없이 살펴보고 있다는 게 너무 놀라웠다. 그들 사이에는 강렬한 뭔가가 만들어지고 있었다. 그것은 아주 강렬하고도 아름다운 기억이었다. 그것이 그의 삶에서 가장 감동적인 순간이었다는 것은 의심할 여지가 없었다.

"우리는 50년간 결혼 생활을 했어요. 그리고 저의 죽음……"

그는 잠깐 멈추었다.

"저의 죽음은 아주 평온했어요. 거의 기억도 안 날 정도이고,

거부할 수도 없었죠."

그는 내게 말했다.

그의 죽음이라니……. 그는 자신의 죽음이 사실인 것처럼 말했다. 하지만 그는 지금 우리 곁에서 숨을 쉬고 있었다.

에스파뇰 극장 소녀는 내가 뭔가 물어봐주기를 간절히 바라고 있었다. 하지만 그것이 우리의 지식을 넘어서는 뭔가임을 알았기에 우리는 아무 말도 하지 않았다. 그리고 질문하는 것이 단지 우리의 무지함을 드러내는 것뿐이라는 것도 잘 알고 있었다.

"당신은 죽고 나면 무엇이 있는지 물어보고 싶은 눈치군요, 맞죠?"

그는 이전에 냈던 목소리 톤에서 전혀 흔들리지도 않은 채 말했다.

우리는 그것이 꽤 수사학적인 질문이었다는 것을 알고 있었으면서도 고개를 끄덕였다.

"있죠…… 또 다른 삶이 이어지죠."

그 순간 내 심장과 호흡, 식도가 팔딱거렸다. 소년은 우리에게 모든 사람이 알고 싶어 하는 그 비밀에 대해 말해주었다. 삶의 뒷면에는 무엇이 있는지, 우리가 죽으면 무엇이 우리를 기다리고 있는지를.

"우리는 죽으면 다른 별로 가게 돼요……. 그중에 지구는 아주 알려진 곳이죠. 그러니까 제가 온 이곳은 두 번째 행성이라고 볼 수 있죠."

그는 넋이 나가 있는 우리의 얼굴을 보더니 피식 웃었다.

"맞아요, 여러분이 생각하는 것처럼 첫 번째 행성도 있어요. 당신들이 이곳에 살고 있다는 것은 당신들이 두 번째 삶을 살고 있다는 뜻이죠."

나는 깊숙이 숨을 내쉬었다. 그녀도 똑같이 했다. 그는 우리에게 쉴 틈을 주지 않았다.

"세 번째 행성에서의 삶은 두 번째 행성에서보다 훨씬 더 기쁘고 즐거워요. 물론 두 번째 행성에서는 첫 번째 행성에서보다 기쁜 삶을 살게 되고요. 죽을 때마다 당신은 좀 더 즐겁고 유쾌한 곳으로 향하게 돼요. 이곳에서 어떤 삶을 살았는지는 중요하지 않아요. 당신의 이전 삶과 관련이 있는 게 아니라, 당신이 완성해야 하는 집단과 관련이 있는 거예요. 두 번째 행성에서 도둑이 될 수도 있고 세 번째 행성에서는 왕자가 될 수도 있어요. 맞아요, 각 행성 이후의 삶은 늘 이전의 기쁨과 사랑의 최고치를 능가해요."

그 순간, 나는 그가 거짓말을 하고 있다고 생각했다. 거짓말이어야만 한다고. 당신이 죽었을 때 가게 될 행성들, 그곳은 의미가 없는 거고 그가 하는 말이 그냥 하나의 미친 소리에 불과

하다고 말이다.

"총 여섯 개의 행성이 있어요."

그가 쉴 틈 없이 말을 이어갔다.

"여섯 개의 삶인 거죠. 네 번째 행성부터는 당신에게 '선물들'이 주어지게 됩니다. 네 번째에서는 특별한 초능력이 주어지게 되는데, 다른 사람을 바라보기만 해도 감정적으로 어떤 상태인지 알아맞히게 되는 능력이에요. 그러니까 가장 기쁘고 가장 끔찍한 각각의 순간들을 순식간에 보게 되는 겁니다. 또한, 그 사이에 있는 열두 개의 감정들도 보게 됩니다. 다섯 번째 행성에서는 이전 네 개의 행성에서의 삶에 대해서 알 수 있는 초능력을 얻게 돼요. 이전 네 행성에서 어떻게 살았는지를 알게 되는 거죠. 그러면 당신은 다섯 번째 행성에서 계속 살고 싶은지, 아니면 바로 여섯 번째 행성으로 떠날 건지를 선택할 수 있게 돼요. 여기서 이 선택은 아주 중요해요. 여섯 번째 삶이 더 나을 거라는 것을 알았던 사람 중엔 바로 그곳에 가고 싶어서 자살한 사람도 있어요. 반면, 다른 사람들은 그의 다섯 번째 삶에서 최고의 절정기를 누리며 살고 싶어 하기도 해요."

그는 다시 말을 멈추었다. 그리고 목을 여러 번 움직였다. 나는 꼼짝도 할 수 없었다. 내가 이해한 바로는 나는 네 번째 행성에서 받을 수 있는 초능력을 이미 얻은 셈이다. 하지만 그가 말한 바에 따르면 나는 두 번째 삶을 살고 있다. 나는 그가 무슨 말을 하는 건지 하나도 이해가 가지 않았다. 아마도 그는 내가 무엇을 느끼고 있는지 알아챘을 것이다. 그는 나를 보고 웃었다.

"가끔씩 자연계에서도 실수는 일어나는 법이죠. 그러니까, 두 번째와 첫 번째, 혹은 세 번째 행성에서 온 누군가에게 실수로 그런 초능력을 주기도 해요. 지구에 있는 누군가에게 사람들에 대해서 알 수 있는 초능력을 주기도 하고요. 제게 벌어진 일처럼 말이죠. 세 번째 행성에 도착하자마자 저는 제가 이미 두 개의 삶을 살았고 아직 세 개의 삶이 더 남았다는 것을 알게 되었어요."

그는 숨을 들이쉬고 내쉬기를 반복했다.

"가끔은 원래 받지 말아야 하는 삶의 단계에서 초능력을 갖게 되기도 하는데 그럼 아주 일이 복잡해지죠."

그는 나를 바라보았고 나도 그를 자세히 살펴보았다.

"저는 아내가 너무나도 그리워졌어요. 제가 세 번째 이상한 행성에서 눈을 떴을 때 그곳은 육각형의 행성이었어요. 그곳에는 붉은 비가 내리고 있었어요. 그리고 그녀의 존재에 대해 알게 되었죠. 왜냐하면, 저는 실수로 이전 삶들을 기억할 수 있는 초능력을 갖게 되었거든요. 여섯 번째 행성에 도착하면 그렇게 될 수 있다는 걸 어떻게 알았는지는 저 자신도 잘 모르겠지만,

아무튼 저는 두 번째 행성으로 되돌아가고 싶었어요……. 정말 간절했어요. 여섯 번째 행성에 가게 되면 모르는 곳과 이전에 지나왔던 행성 중 원하는 곳으로 돌아갈 수 있어요. 하지만 막상 여섯 번째 행성에 도달하게 되면 아무도 이전으로 돌아가려고 하지 않고 그냥 모두가 미지의 행성으로 가길 원하죠. 그녀가 이곳에 살았다는 것을 안 저만 빼고 말이죠. 저는 그녀가 109살쯤 되었고, 그녀가 세상에서 가장 사랑했던 이 광장에 여전히 매일 오고 싶어 할 거란 걸 알게 되었어요."

그제야 그가 우리에게 말하는 도중에도 광장에서 눈을 떼지 못하는 이유를 이해하게 되었다. 그는 사랑하는 사람을 찾고 있었던 것이다. 그는 계속해서 주변을 빠르게 둘러보았다. 그는 나이 많은 사람, 즉 느리게 움직이거나 거동이 힘든 노파들 한 명 한 명을 살피고 있었다. 그렇게 그는 그녀를 찾고 있었다. 그리고 그녀를 만나고 싶어 했다.

에스파뇰 극장 소녀와 나는 서로를 쳐다보았다. 우리는 그에게 무슨 말을 해야 할지 몰랐다. 나는 그가 한 말들을 믿었다. 그녀가 무슨 생각을 했는지는 잘 모르겠지만.

"그럼 여섯 번째 행성 다음에는 무엇이 있나요?"

마지막으로 그녀가 물었다. 그러자 그가 웃었다.

"그거야 모르죠. 지금 당신들이 그 삶 후에 무엇이 있는지 물어보는 것과 마찬가지로 저도 몰라요."

그는 미소를 지었다.

"행성들을 지나면서 삶은 흘러가지만 결국에는 똑같이 불확실한 거죠."

이번에는 그의 말을 믿지 않았다. 이것은 유일하게 내가 믿지 못한 그의 말이다. 나는 그가 우리에게 거짓말을 했고, 여섯 번째 행성 이후에 무엇이 있는지를 알고 있다는 느낌을 받았다.

하지만 그것을 뺀 나머지는 분명한 사실이라고 생각했다. 그러니까 나는 받지 말아야 할 능력을 잘못 갖고 있었고 그도 맞지 않는 다른 능력을 가지게 된 셈이다. 그런 사실이 우리 둘을 하나로 묶어주었다. 그는 한 여자를 찾고 있었고 나는 한 소녀를 막 만났다. 나는 어머니를 잃어버렸고 다시는 그녀를 볼 수 없다고 생각하니 고통스러워 견딜 수 없었다. 그도 역시 특별한 한 사람을 잃어버렸고 그녀를 만나기 위해 수많은 삶을 건너왔다. 갑자기 의문점이 머리에 스쳐 갔다.

"그녀가 죽으면 다시 만날 수 있을 텐데 왜 그녀가 죽길 바라지 않는 거죠? 만일 그녀가 죽는다면 당신이 있던 그 행성으로 갈 텐데, 안 그래요?"

그는 나를 쳐다보지도 않았다.

"그녀와 다시 함께 있고 싶어서 그녀가 죽길 바라라고요? 그

건 절대 안 되죠."

그는 나를 쳐다보았다.

"당신은 어머니와 함께 있으려고 지금 바로 이 순간 죽음을 선택할 건가요?"

그는 깊은 한숨을 쉬었다.

"그것이 가능하다고 생각해요? 각 행성에서 우리는 이전과 똑같은 얼굴을 하고 있어요. 같은 이목구비를 갖고 있다고요. 하지만 우리는 그 사람이 이전 삶에서 어땠는지 모른 채 살게 되는 거죠."

갑자기 그는 나에게 한꺼번에 수십 가지의 기억을 보내주었다. 그가 살아왔던 여섯 개의 행성들의 삶에 대한 기억들이었다. 정말 놀라웠다. 그의 얼굴과 이미지, 이목구비가 전혀 변하지 않은 채였다. 정말 다 똑같이 어린 소년 같아 보였다. 열두 살, 최대 열세 살까지의 기억이었는데도 똑같았다.

비교할 수 없는 행복과 기쁨에 대한 기억이었다. 그 행성들에는 아름다움이 가득했다. 나는 수백 가지의 이미지를 순서 없이 마구잡이로 받았다. 정말 대단했다. 각 행성에 속한 기억이 무엇이었는지, 무슨 감정이 다른 것을 능가하는지조차 알 수가 없었다. 그것은 그냥 황홀 그 자체였다.

"정말 인상적이고 놀랍죠, 그렇죠? 그런 삶을 살아보는 건 끝내주는 일이죠."

갑자기 에스파뇰 극장 소녀에 대해 내가 가지고 있던 이미지가 눈앞에 보였다. 강아지와 놀고 있던 어린아이…… 그녀의 지금 상황과 전혀 맞지 않았다. 그녀가 이전에 살았던 다른 행성에서 어떻게 살았는지를 내가 볼 수 있었던 것일까?

"이건 첫 번째 행성의 이미지인가?"

나는 말을 돌리지 않고 단도직입적으로 소년에게 물어보았다. 그는 대답하는 데 시간이 좀 걸렸다. 그는 처음으로 단번에 대답하지 못했다. 그가 그렇게 나오니 좀 겁이 났다.

"별로 대답하고 싶지 않은 질문이군요."

그가 난감한 듯 말했다.

"당신들 둘이 동의하에 한 질문이 아니라면요."

나는 그 즉시 소녀를 바라보았다.

"굳이 첫 번째 행성에서 당신들의 관계를 알 필요는 없다는 생각이 드는데요."

우리는 서로 무슨 말을 해야 할지 몰랐다. 내가 이미 에스파뇰 극장 소녀를 알고 있었던 것일까? 그래서 그녀의 다른 삶에 대한 기억을 보게 된 걸까? 나와 그녀가 무슨 상관이 있기에 그랬던 걸까? 그래서 내가 그녀를 보는 순간 뭔가 강렬한 느낌을 받았을지도 모른다. 그래서 이 낯선 소년이 나를 보았을 때 그것을 알아챘는지도 모르겠다.

"그래서 취조실에서 당신이 그녀가 내 삶에서 아주 중요하다고 말했던 거군요."

나는 조금 쉬었다가 말했다.

"이전 행성에서의 삶에 대한 내 기억을 보고 그녀가 내 두 개의 삶에 함께하고 있다는 걸 알게 된 거군요, 맞죠?"

그는 고개를 끄덕였다.

"저는 이분과 무슨 관계인가요?"

이번에는 그녀가 물었다.

그는 웃음을 지었다.

"이번 삶에서요, 아니면 이전 삶에서요? 지금 당신은 어디 삶을 살고 있나요? 왜 제가 끼어들길 바라죠? 지금 당신이 살고 있는 삶이 바로 현실이에요."

그녀는 전혀 떨지 않고 당당하게 말했다.

"당신은 이 두 번째 삶을 위해 나머지 삶을 살았던 거네요. 그렇죠?"

"왜냐하면, 저는 그때의 정보를 가지고 있었거든요. 당신이 그 정보를 모르는 건 오히려 행운일 거예요. 첫 번째 행성에서 함께 있었던 사람으로서가 아니라, 지금 당신과 함께 있는 그와 이곳에서 잘 지내보세요."

그녀는 아무 말도 하지 않았다. 나도 입을 꾹 다물었다. 우리는 거의 20분 동안 무슨 질문을 해야 할지, 무엇을 믿어야 할지 몰라서 단 한 마디도 하지 않았다.

가벼운 비가 조금씩 떨어지기 시작했다. 다행히도 붉은색은 아니었다. 내 안에서는 두려움과 열정이 싸우고 있었다.

그 순간 내가 여기서 간단하게 삶을 끝내면 다시 어머니와 있을 수도 있겠다는 생각이 들었다……. 그것은 내 고통스러운 영혼에 다가온 엄청난 유혹이었다. 또한, 소녀가 또 다른 삶에서 나와 아주 가까운 사이였다는 것을 알게 되니 난처하기도 했지만 무슨 관계였는지 너무 궁금했다.

늘 어머니가 말씀하셨던 것처럼 나는 언제나 용감해야 했다. 삶에서, 사랑에서, 섹스에서.

21분이 지나자, 우리 둘, 에스파뇰 극장 소녀와 나는 더 이상 시간을 끌 수가 없었다.

"우리는 서로에게 어떤 존재인가요?"

우리는 한목소리로 질문했다.

소년은 그 질문이 엄청난 실수이고 평생 후회하게 될 거라는 것을 알고 있다는 듯 물끄러미 쳐다보았다.

18.

내쉬지 않고,
들이쉬지 않고

낯선 소년은 그 질문에 대답하는 것이 무엇을 의미하는지 잘 알고 있었다. 그래서 그 답변을 하기 힘들어했다.

그가 대답하려는 바로 그 순간, 갑자기 가슴 쪽의 통증을 호소했다. 뭔가로 찌르는 듯한 고통이었다. 동시에 나도 그런 고통을 느꼈다.

"떠났어요."

그가 말했다.

"누가요?"

내가 물었다.

"그녀요, 내 아내. 방금 죽었어요."

그의 얼굴은 슬픔 그 자체였다. 그리고 가득한 절망감. 나는 그렇게 절망적인 얼굴을 한 번도 본 적이 없었다. 그는 자신의 길을 잃어버렸다. 그의 삶, 그의 '전부'를.

"확실한 건가요?"

에스파뇰 극장 소녀가 물었다.

그는 고개를 끄덕였다. 그의 온몸이 갑자기 마비된 것 같았다. 힘이 다 빠져나간 것 같았다. 만일 실제로 그가 이곳에서 살았거나 이곳에 오기 위해서 다섯 개의 삶을 버렸다면, 그리고 지금 3개월간 잡혀 있었기 때문에 그의 삶의 모든 존재의 이유를 잃게 되었다면, 별로 놀랄 만한 반응도 아니었다.

"그럼, 이제 당신은 그녀와 함께 세 번째 행성으로 갈 수 있는 건가요?"

에스파뇰 극장 소녀는 다시 물어보았다.

"네, 하지만······."

그는 뭔가를 말하기 힘들어했다.

"저는 아무것도 기억하지 못할 거예요. 이런 초능력도 갖지 않게 될 거고, 그녀가 누군지도 모르게 될 거예요. 처음부터 다시 시작하게 될 테니까요. 저의 삶의 주기는 다시 시작될 거예요."

나는 그를 어떻게 위로해야 할지 몰랐다. 그는 완전히 삶의 의욕을 잃은 것 같았다. 나는 그를 이해할 수 있었다. 나도 어머니를 잃고서는 똑같이 느꼈으니까.

어쩌면 그 세 번째 행성에서 어머니와 그의 아내가 아주 가깝게 지낼 수도 있을 것 같다는 생각이 들었다. 그들은 결국 그곳에서 하루 간격으로 태어난 셈이니까. 어머니는 초능력을 잘못 갖게 된 자신의 아들을 알지도 못한 채 다른 삶에서 그녀와 어떤 친밀감을 나누게 될 것이다.

"그녀가 보고 싶군요."

그 낯선 소년이 말했다.

"사람들이 그녀를 페냐란다에 묻어줄 것 같아요. 확실해요."

그는 일어나서는 광장 출구 쪽으로 걸어갔다. 빗방울이 우리에게 깊이 스며들었지만 엄청난 열기가 재빨리 젖은 몸을 말려주었다.

나는 그보다 앞서 갔다. 나는 차 쪽으로 그를 인도했다. 페루 기사는 이미 우리를 기다리고 있었다.

우리는 바로 페냐란다로 향했다. 그곳은 우리가 있던 곳에서 고작 40킬로미터 떨어진 곳이었다.

우리는 그곳으로 향하는 중에 아무 말도 하지 않았다. 물론 에스파뇰 극장 소녀와의 관계에 대해서도 질문하지 않았다. 그런 걸 물어볼 만한 때도 아니었고, 그 순간은 그것이 별로 중요해 보이지 않았다.

나는 내 삶에 대한 중요한 질문에 대해 생각했다. 나의 아버지는 누구였을까? 어머니는 절대 그 질문에 대답하고 싶어 하지 않으셨고, 나 역시 한 번도 어머니에게 대답을 강요하지 않았다. 난 어머니가 모든 것을 기록해두는 일기장을 가지고 다니신다는 사실을 알았고 분명 그 일기장이 어머니의 여행 가방 속에 있으리라는 것을 확신했지만 꺼내 보지 않았다. 내 삶에 대한 두 가지 물음이 생겼다. 첫 번째 삶에서 나의 아버지는 누구였을까? 그리고 두 번째 삶에서는?

또한, 만일 이런 이야기가 세상에 공개된다면 무슨 일이 벌어질까에 대해서도 생각해보았다. 분명 대부분의 사람들이 이 이야기를 믿지 않을 것이다. 하지만 반대로 또 어떤 사람들은 그것을 곧이곧대로 받아들이며 자신들의 현재의 삶을 수많은 삶 중에 단지 한 개일 뿐이라고 쉽게 여길 수도 있을 것이다.

그럼 이번 삶을 잘 살지 못하는 사람들에게는 무슨 일이 벌어질까? 스스로 운이 없다고 느끼고, 목표를 이루지 못하거나, 건강하지 못하거나, 슬픔에 빠져서 고난의 연속으로 사는 사람들에게 말이다. 세 번째 행성에서 펼쳐지는 더 나은 삶을 위해 스스로 목숨을 끊게 되지는 않을까?

또한, 두 번째 행성에 사는 사람들이 그 모든 정보를 직접 확인하고 증명하기 위해 뭔가를 준비하고 있을지도 모르는 일이었다. 나는 그가 심문을 받으면서 아무런 말도 하지 않은 것에,

그리고 그날이 빨간 날이 되지 않도록 조용히 넘어가준 것에 감사했다.

에스파뇰 극장 소녀가 눈을 감고 있었기 때문에, 그녀가 무슨 생각을 하고 있는지 도저히 알 수가 없었다. 아마 그녀도 그런 것들을 생각하고 있지 않았을까.

페냐란다에 도착하자마자 소년은 마치 평생 그곳에 살았다는 듯 능숙하게 좁은 뒷골목으로 페루 기사를 안내했다.

우리는 새로운 광장에 도착했다. 이곳은 오늘 내가 방문한 세 번째 광장이었다. 그의 아내가 이곳에 살았거나 그 광장에서 죽었을 거라는 말에는 의심의 여지가 없었다. 그곳에 있던 커다란 간판은 에스파냐 내전의 포로들이 재건했음을 알려주었다.

우리는 광장의 65번가 앞에 멈추어 섰다. 그 집 문 앞에는 슬픈 얼굴을 한 이웃들이 서 있었다. 아픈 시간을 보내고 있음이 틀림없었다.

그는 차에서 내렸고 우리도 그를 뒤따랐다.

그는 집으로 들어가서 중이층의 두 번째 문 쪽으로 다가갔다. 문은 이미 열려 있었다. 거기에는 이웃들이 와 있었다. 조금 전에 알려진 사망 소식이었다.

그는 안방 쪽으로 걸어갔다. 그곳 침대에는 아주 나이가 많이 든 여인이 누워 있었다. 마치 잠이 들어 있는 것 같았다. 그녀

주변에는 제법 사람들이 많이 모여 있었다.

우리는 서로 의아하게 바라보았지만 아무도 말을 하지는 않았다. 조금 전에 일어난 이 죽음의 상황에 너무 얼떨떨해서 아무도 입을 뻥긋하지 않았다.

그 낯선 자는 그녀를 바라보더니 충격을 받은 것 같았다. 나는 그의 감정을 느낄 수 있었다.

"죄송하지만, 이 여인과 단둘이 있어도 될까요? 부탁드립니다."

그는 정중히 요청했다.

하지만 방 안에 있던 사람들은 전혀 그럴 생각이 없어 보였다. 생전 보지 못했던, 이름도 모르는 낯선 사람들의 부탁을 들어줄 리가 없었다.

"부탁드립니다……. 저는 이 여자분의 직계가족입니다."

그러고 나서 그는 바로 방 안에 걸려 있는 큰 사진을 가리켰다. 한쪽 팔이 없는 남자는 그와 아주 많이 닮아 있었다. 비록 10대 때 모습 같긴 했지만 실제로도 비슷해 보였다. 사람들은 그와 사진 속의 사람이 눈에 띄게 닮았다는 것을 확인하고는 이 방에 있게 해달라고 부탁한 그가 고인의 가족이라고 확신했다. 사촌 아니면 손자, 아들…… 분명히 닮았다고 생각은 했지만 아무도 사진에 있는 아주 어린 남자가 지금의 그라고는 생각하지 않았다.

우리들만 남겨졌다. 그는 침대 곁에 앉았다. 그러고는 침대 위에 누워 있는 여인의 얼굴을 바라보며 울었다.

그는 나의 어머니가 말했던 것처럼, 울음을 '터뜨렸다'.

도저히 그를 위로할 방법이 없었다. 에스파뇰 극장 소녀도 같은 마음이었다.

그가 울음을 터뜨린 지 10분이 지났다. 조금씩 안정을 되찾더니 마지막엔 여인의 얼굴에 두 손을 얹었다. 그러자 갑자기 여인 위로 홀로그래피 같은 것이 떠올랐다. 행성들에서의 몇몇 이미지들이 선명하게 보였다. 그것은 행성 간 위치 확인 시스템GPS처럼 보였다. 낯설고 신기한 행성들이었다.

그때까지 내가 아는 행성이라고는 지구와 붉은 비가 내리는 행성뿐이었다. 행성들은 움직이고 있었고 그것들 중 하나인 지구에서 깜빡거리는 불빛이 나타났다……. 마치 영혼처럼.

우리는 놀라움과 흥분 속에서 그 영혼이 두 번째 행성에서 세 번째 행성으로 어떻게 이동하는지를 볼 수 있었다. 정말 강렬하고 인상적인 장면이었다. 그때까지도 내가 영혼이 움직이는 길이나 그 깜빡거리는 불빛을 볼 수 있는 초능력을 갖고 있었는지 전혀 몰랐다.

"저는 이제 그녀와 함께 갈 거예요."

그는 여인의 얼굴을 쓰다듬으며 말했다.

"비록 지금은 그녀가 저를 알아보지 못하겠지만 분명 다시 그녀를 만나게 될 거예요. 그리고 설령 다음 행성에서 그러지 못한다고 해도, 그리고 그다음 생애에서 그러지 못하더라도."

그는 그녀에게 키스했다. 그 여인이 다시 살아날 정도로 강렬한 입맞춤이었다.

"그럼 이만 절 떠나주세요."

확신할 수는 없지만 나는 그가 분명히 그녀를 만나게 될 거라고 믿었다.

"며칠 더 기다리지 않으실래요?"

나는 아쉬운 마음에 물어보았다.

"이곳은 더 이상 제게 중요한 곳이 아니에요."

그가 대답했다.

"제가 그녀와 같은 날에 태어나는 게 아마 우리에게 만남의 열쇠가 될 테니까요."

이어서 그는 왼쪽 옷장의 두 번째 서랍에 있던 연필과 종이를 집어 들었다. 마치 그곳에 있었던 것을 진작부터 알고 있었던 것 같았다. 그는 뭔가를 써서 내게 전해주었다.

"여기에 첫 번째 행성에서의 당신들의 관계가 적혀 있어요. 내용을 읽을지 말지는 당신들의 선택이에요."

그는 종이를 전해주며 말했다.

"당신이 죽게 될 때를 대비해서 미리 주는 거예요. 세 번째 행성에서 저를 만나게 될 거예요. 만일 그때도 초능력을 가지고 있어서 제가 누구인지, 어떤 사람이었는지, 그녀가 누구인지에 대한 기억을 얻게 되신다면 지체 말고 꼭 제게 말씀해주세요."

나는 고개를 끄덕였다. 꼭 그렇게 할 것이다. 만일 다른 삶에서 그와 마주치게 된다면, 그리고 내가 이 초능력을 그때도 가졌다면 내가 알아낸 정보를 꼭 그에게 보내줄 것이다.

나는 그를 꼭 안아주었다. 그의 냄새가 다시금 나를 꿰뚫고 지나갔다. 에스파뇰 극장 소녀는 그에게 입을 맞추었다.

우리는 그렇게 그 방에서 나왔다. 그는 그 여인 곁에 누웠다.

내 어머니의 모습이 떠올랐다. 비록 나이 차가 많이 나긴 했지만, 그 초고층 호텔에서 내 곁에 누웠던 어머니가 생각났다. 아마도 어머니는 그 모습을 받아들이게 하기 위해 수십 년 동안 나를 교육해오셨는지도 모른다.

그 순간 갑자기 낯선 소년은 숨을 멈추었다. 그의 들숨과 날숨 소리가 순식간에 사라졌다. 아마도 그는 이 행성에서 빨리 떠나가기 위해 다른 행성들에서 이미 이런 연습을 했는지도 모르겠다. 그 둘이 함께 있는 모습에는 꿈을 이룬, 어쩐지 아름다운 모습이 담겨 있었다.

19.

너와 내가 아니었다면
너와 내가 될 수 있었던
모든 것들

나는 지쳐 있었다. 그녀도 그래 보였다. 우리는 그 집에서 몇 미터 떨어져 있는 여관을 발견했고 거기서 잠시 쉬기로 했다. 우리는 낯선 소년으로부터 아주 멀어져서는 안 된다는 것을 알고 있었다. 그의 삶 전부로부터.

　우리가 얻은 방은 아주 작았다. 벽에는 오래된 두 점의 그림이 다닥다닥 붙어 있었는데 그 지역 풍경을 담고 있었다. 침대는 아주 예뻤다. 물론 내가 보기에만 그랬을 수도 있지만.

　나는 창문을 통해 광장을 내다보았다. 그렇게 바라보는 풍경이 마음에 들었다. 게다가 어느덧 날이 밝아오고 있었다. 그 밤은 나에게 정말로 특별한 시간이 되었다.

　나는 그녀에게 무슨 말을 해야 할지, 어떻게 말을 꺼내야 할지 도무지 생각이 나지 않았다. 종이를 펼쳐야 할지, 뭔가를 서

둘러 시작해야 할지, 열정적인 키스를 퍼부어야 할지, 아니면 그녀를 그려야 할지, 도대체 뭘 해야 할지 머리가 깜깜했다.

그러다가 결국엔 결심했다.

"제가 당신을 좀 그려도 될까요?"

그녀는 고개를 끄덕였다. 나는 미술 도구들을 꺼냈다. 그러고는 아주 소중한 의식을 시작했다. 너무 오랜 시간이 흘러서인지 물감을 섞는 일이 매우 낯설었다. 아름다움을 탄생시키기 위해 팔레트를 과감하게 더럽혔다.

그녀는 의자에 앉아서 나를 쳐다보았다.

"어느 날 어머니는 제게 섹스에 대한 그림을 그리기 위해서는 절대 섹스를 하지 않은 것처럼 느껴야 한다고 말씀하셨어요. 오직 느껴보지 않은 것만을 그릴 수 있다고 하셨죠."

나는 그녀를 바라보았다.

"저는 우리가 절대 섹스를 나누지 않을 거라고 느꼈어요. 이유는 잘 모르겠지만, 그렇게 느꼈어요. 아마도 종이가 우리에게 그 이유를 말해주겠죠."

그녀는 나를 계속 응시하고 있었다.

"내가 당신에게 무슨 말을 해주길 원하시죠?"

그녀가 나에게 물었다.

"혹시 춤출 줄 알아요?"

그녀에게 물었다. 그녀는 그렇다고 대답했다.

"그럼 저를 위해 춤을 춰주시겠어요?"

그녀는 무용이 아닌 춤을 추기 시작했다. 그녀가 춤을 추는 동안 온몸에 전율이 흘렀다. 정말 말할 수 없을 정도로 아름다웠고 그 안에는 관능과 성욕이 가득했다. 그녀는 춤을 추며 어머니의 여행 가방 근처로 다가가서는 가볍게 움직이다가 가방을 열었다. 그리고 거기에 들어 있는 것들을 모두 꺼냈다.

나는 그림 그리는 것을 멈출 수 없었다. 통제할 수 없는 힘이 내 속에 가득한 것만 같았다. 붉은색과 초록색, 노란색을 검은색과 섞어서 한 번도 얻을 거라고 생각지도 못한 강렬한 이미지를 얻었다.

그녀는 어머니가 늘 들고 다니시던, 비닐에 싼 재즈 레코드판들을 꺼냈다. 그리고 점프 등 몸동작들이 담긴 사진첩을 꺼냈다. 수십 년 동안 어머니는 높게 뛰어오르는 사람들을 사진에 담아왔다. 어머니는 무용과 춤, 점프가 사람들의 가면을 벗기고 그들의 실제 모습을 보여준다고 생각하셨다. 어머니가 얼마나 많은 사진을 가지고 있을지는 상상도 못 했다. 나만 해도 어머니를 위해서 수십 번도 넘게 점프를 했었으니까!

어머니의 옷가지들, 어머니가 은밀히 감추어둔 여행용 세면도구 상자, 그리고 향수가 보였다.

그리고 그림들, 내가 그린 유년 시절과 죽음에 대한 그림 두 점이 있었다. 어머니는 그것들을 돌돌 말아 가지고 다니셨다. 가는 호텔마다, 공연하는 장소마다 그것을 들고 가셨던 것이다. 그런 사실이 내게 특별한 감동으로 다가왔다.

그리고 어머니의 일기장. 그 안에는 분명 아버지의 이름이 있을 거란 걸 알고 있었다. 분명 어딘가에 적혀 있을 것이다.

내 삶의 두 가지 비밀이 밝혀질 수도 있는 밤이었다. 물론 그 비밀들 중 하나는 내 주머니 안에 있다. 바로 옷장 두 번째 서랍에서 나온 구겨진 종이. 또 다른 하나는 나를 위해 화려하게 춤을 추는 소녀가 가지고 있는 일기장 속에 있다.

나는 그림을 계속 그려나갔다. 어머니의 음반에서 흘러나오던 음악이 모두 끝났다. 방 안에는 어떤 소리도 울리지 않았지만 나에게만은 또렷이 들렸다. 정말 놀라웠다. 그 경험은 살면서 나를 가장 지치게 했던 순간이었다.

드디어 그림이 완성되었다. 비록 하진 못했지만 하고 싶었던 섹스에 대한 그림이었다. 어머니도 도달하시지 못했던 경지였다. 혹은, 그것에 도달했다고 하더라도 다른 세상에서이지 내 곁에서는 아니었다.

그녀는 춤을 멈추고 침대에 누웠다. 나도 그녀 곁에 몸을 눕혔다. 우리는 아무 말도 하지 않았다. 우리는 극장에서처럼 하나로 호흡하고 있었다. 내 머릿속에 〈샐러리맨의 죽음〉 마지막 부분의 대사가 울려 퍼졌다.

'우리는 자유예요, 자유라고요.'

그렇게 나는 그녀가 곁에 있음을 느꼈다. 정말 웅장하고 서사적인 순간이었다.

나는 잠을 그만두는 약이 들어 있는 주사기가 생각났다. 지금이야말로 주사를 맞을 수 있는 가장 용감한 순간임을 느꼈다. 나는 가방에서 주사기 두 개를 꺼내서 그녀에게 보여주었다.

"하지만 저는 주사를 맞고 싶지 않아요. 이 두 번째 삶에서 주사약이 만들어낸 방법으로 살아가고 싶지는 않아요. 그리고 무엇보다도, 잠을 포기하고 싶지 않네요. 저는 자고 싶어요. 왜냐하면, 눈을 떴을 때 오랫동안 내 곁에 있는 당신을 발견하고 싶거든요. 저는 매일 당신을 다시 보게 되는 그 장면을 내 인생에서 잃어버리고 싶지 않아요."

그녀가 잠에서 깨어나는 모습을 보지 못한다는 것은 상상할 수 없었다. 나는 수십 년 동안 어머니가 잠에서 깨는 모습을 지켜보았다. 나는 어머니와 함께 자는 게 좋았다. 그 초고층 호텔에서 어머니와 함께 누웠던 그날 이후로 어머니와 함께하는 것을 아주 좋아하게 되었다.

나는 어머니가 잠에서 어떻게 깨어나는지, 어떻게 현실의 삶으로 되돌아오는지 바라보는 것이 정말 좋았다. 정말이지 사랑스러웠다. 어머니는 나를 바라보시며 미소를 지으셨다. 그러고는 "마르코스, 난 벌써 깨어 있단다" 하고 말씀하셨다. 그리고 내 뺨에 입을 맞춰주셨다.

나는 어머니를 너무나도 사랑했던 것 같다.

한 번도 그런 생각을 해본 적은 없었지만, 이제 보니 나는 그녀를 사랑했다. 그리고 어머니도 나를 사랑하셨던 것 같다. 여기서 말하는 사랑은 어머니가 늘 선언하던, 섹스와는 전혀 상관없는 그런 사랑이었다.

어머니는 나에게 섹스에 대한 것들을 가르쳐주었다. 그리고 마침내 나는 어머니에게서 사랑을 느꼈다. 어머니는 자녀들에게 사랑과 섹스, 삶에 대해 가르쳐야 한다고 여기셨다. 이전에는 단 한 번도 어머니의 가르침에 감사하지 못했다. 어머니는 정말 용감하신 분이었다. 그녀의 이런 의견에 대해서 사람들이 어떻게 생각할지는 전혀 신경 쓰지 않으셨다. 단지 어머니는 자신의 생각이 옳다고 여기셨다.

"아주 좋은 생각인 것 같아요."

에스파뇰 극장 소녀가 말했다.

"저도 잠을 포기하고 싶지는 않아요. 제가 그림을 좀 봐도 될까요?"

나는 그러라고 했다. 그녀는 그림을 집어서 침대로 옮겨두고 바라보았다. 나는 어머니와 에스파뇰 극장 소녀, 그리고 다니가 준 섹스에 대한 영감을 생각했다. 이 세 가지 섹스는 내 삶에서 가장 중요한 일부가 되었다.

그 순간 내가 다니에게 주사기를 주기로 했었다는 사실이 떠올랐다. 어느 날 초능력으로 그를 바라보던 중, 그의 가장 처참한 모습을 알게 되었다. 아주 무시무시한 장면까지는 아니었지만, 아버지가 그를 때리는 장면이었다. 매일 밤 다니는 아버지가 몽둥이찜질을 하는 악몽에 시달렸다. 이미 아버지는 돌아가셨지만, 그는 여전히 그 꿈속에서 살고 있었다. 꿈속에서는 여전히 아버지에게 맞고 있었다.

그래서 그는 아버지를 죽일 수 있는, 눈앞에서 사라지게 하는 약을 갖고 싶어 했다. 그리고 나는 그의 아버지의 꿈속 죽음에 가담하려고 했다. 아마도 이 약은 다니가 누군가를 만나고 나를 잊는 데에 도움이 될지 모른다. 언젠가 어머니가 내게 말씀하셨던 것처럼 나는 그를 잃게 될 것이다. 어머니는 꼭 필요한 것이 아니더라도 뭔가를 잃는 고통은 참기 어려운 무서운 감정으로 변하게 될 거라고 말씀하셨다.

"정말 아름다워요."

그녀가 그림에서 눈을 떼지 못하고 말했다.

나는 미소를 지었다. 당신에게 이 그림을 어떻게 설명해줘야 할지 모르겠다. 추상적 그림이긴 하지만 당신이 이 그림을 보았다면 이 그림이 아주 현실주의적 작품이란 것에 동의할 것이다. 이것이 혹시 내가 그토록 그리려고 했던 섹스에 대한 그림이 아닐까?

어머니는 섹스가 "불가사의 안에 신비로 둘러싸인 수수께끼"라고 말씀하셨다. 정말 아름다운 정의 같았다. 내가 그 정의가 마음에 든다고 하자 어머니는 미소를 지으셨다. 왜냐하면, 이건 섹스에 대한 정의가 아니라 이미 이전에 누군가 했던 말이었으니까. 처칠이 러시아를 두고 정의한 말이었다. 어머니와 어느 나라 어느 곳에서 그런 대화를 나누었는지는 기억이 안 나지만, 어머니와 나는 그날 밤 아주 많이 웃었다.

우리는 어머니의 일기장을 불태웠다. 누가 나의 아버지였는지를 아는 것은 더 이상 별로 중요하지 않았다. 그 대신 불이 필요했다. 우리에게 필요했던 것은 그 열기였고, 그것은 마치 우리가 하려고 했던 것을 위한 완벽한 분위기를 만들어주는 것 같았다.

나는 반으로 접힌 종이를 그녀에게 주었다. 그녀는 우리가 다른 삶, 즉 첫 번째 행성에서 무슨 관계였는지 알아보고 싶어서 종이를 펴보려고 했다.

드디어 그녀가 그것을 읽었고, 재빨리 내게도 건네주었다. 나도 그것을 읽었다.

우리 사이에는 오랜 침묵이 흘렀다.

그러고 나서 나는 그녀에게 이렇게 말했던 것으로 기억한다.

"너와 내가 아니었다면 너와 내가 될 수 있었던 모든 것들."

그녀는 고개를 끄덕였다.

우리는 서로 껴안고 스르르 잠이 들었다. 그날 나는 처음으로 낯선 침대에서 단잠을 잘 수 있었다.

당신이 지금 많은 생애들 중 하나, 그중 아래에 있는 힘들고 어려운 단계를 살고 있다는 것을 알게 된다면 마음이 한층 평안해지고 엄청난 기쁨을 느끼게 될 것이다.

나는 어머니를 생각했다. 지금 내가 왜 그렇게 고통스러워하는지가 분명해졌다. 내가 가장 아꼈던 사람이 떠나버린 게 아니라 나를 가장 아껴주었던 사람이 떠나갔기 때문이란 것을.

나를 가장 사랑해준 사람을 잃는 것은 너무나도 힘든 일이다.

나는 내 딸을 꼬옥 안아주었다.